자유의 가격

자유의 가격

자립을 위한 6가지 실천

초판 1쇄 발행 | 2024년 7월 3일

지은이 신미경
발행인 한명선

책임편집 김수경
제작총괄 박미실
디자인 모리스

주소 서울시 종로구 평창길 329(우편번호 03003)
문의전화 02-394-1037(편집) 02-394-1047(마케팅)
팩스 02-394-1029
전자우편 saeum2go@hanmail.net
블로그 blog.naver.com/saeumpub
페이스북 facebook.com/saeumbooks
인스타그램 instagram.com/saeumbooks

발행처 (주)새움출판사
출판등록 1998년 8월 28일(제10-1633호)

자유의 가격

자립을 위한 6가지 실천

신미경 에세이

$$\wedge\wedge\wedge$$

서울에 사는 1인 가구,
최소욕구생활비로
45세에 은퇴하기로 결심하다

옛날 옛적 스마트폰 이전 피처폰 시대에 한 시골쥐가 작은 마을에 살았습니다. 알고 지내는 서울쥐는 한 마리도 없었지만, 텔레비전과 잡지에서 보이는 그들의 삶을 동경하게 되었지요. 게다가 마을에는 시골쥐의 야망을 불태울 만한 일거리도 마땅치 않았답니다. 시골쥐는 100권이 훨씬 넘는 책과 잡지, 노트북, 옷 꾸러미를 챙겨 차에 싣고 서울로 이사하기로 결심했습니다.

시작은 단칸방이었어요. 월세는 비쌌고 취업은 어려웠지만 눈에 불을 켜고 돈벌이를 찾았습니다. 오늘 먹을 치즈는 아무도 공짜로 주지 않았으니까요. 하늘도 그 노력을 가상하게 여겼을까요? 일자리를 찾고 부업도 하며 조금씩 사투리를 고치고, 패션 스타일도 다듬자 드디어 서울쥐처럼 행세할 수 있게 되었어요. 옛 시골쥐는 서울 주소에 방 2개짜리 집을 샀고, 차츰 알고 지내는 서울쥐들도 많이 생겼답니다. 쉬는 날에는 치즈맛 팝콘을 먹으며 커다란 극장에서 멋진 영화를 감상하거나 유명한 작품도 미술관에서 가장 빠르게 눈에 담을 수 있었어요. 이토록 멋진 성공 스토리라니!

그런데 먹고살려고 너무 무리했던 탓이었을까요… 옛 시골 쥐는 곧잘 아프곤 했답니다. 몸이 힘들어도 마음 편히 일을 쉴 만한 돈은 없었어요. 그래서 결심했습니다. 자유를 사겠노라고. 시골쥐는 주머니 속 동전을 한 푼 두 푼 꺼내서 셈해 보았어요. '에고, 모자라다.' 그러다 궁리를 했죠. 최소욕구생활비만큼 무근로 자동소득을 만들어 (출퇴근)은퇴를 하면 어떨까. 옛 시골쥐가 정말 자유를 살 수 있을지는 아무도 모른답니다. 그러나 이 작은 목표 하나가 옛 시골쥐에게는 반짝이는 희망이 되었습니다. 끝.

눈치챘겠지만 시골쥐는 이 글을 쓰는 나다. 쓰기 20년, 자립 17년, 월급생활자 경력 14년의 소유자. 최근에 또 한 번 병원 신세를 진 데다 후유증도 심해서 정말 회사를 그만두고 무기한 쉬고 싶었다. 그러나 언제나처럼 불안했다. 다달이 입금되는 돈이 없이 저금을 쪼개서 사는 생활을 또 반복해야 한다니. 삶에 건강 문제가 생길 때마다 매번 드는 고민이다.

내가 번아웃을 겪거나 다시 아파도 나 대신 돈을 벌고, 먹여 살려 줄 사람은 없다. 게다가 내 시간을 내 마음대로 하지 못하는 현실이 싫어서 이 상황을 어떻게 타개해 나가야 할지 정말 많이 고민했고, 그 끝에 총 6가지가 필요하다고 결론지었다.

1. 빚 없는 온전한 내 소유의 작은 집
2. 낭비 없는 생활을 하며 적은 돈으로 살기
3. 노동 없이도 최저생계비는 확보하기
4. 출퇴근은 선택, 흥미로운 부업은 필수
5. 몸이 덜 아프도록 기초 체력 키우기
6. 미리 죽음을 준비해 두기

1번부터 3번까지 무려 세 가지가 돈 문제다. 부업에서 벌어들이는 소득까지 돈의 범위에 포함하면 네 가지나 된다. 오늘도 시간을 팔아 돈을 버는 나는 언제쯤 경제적 자립이 가능할까. 여유롭고 게으르게, 편안한 혹은 내 마음대로 사는 일상의 다른 말은 주택담보대출 없음, 월세나 배당으로 받는 꾸준한 현금 흐름, 소득이 생기는 부업 같은 철저한 어른의 언어로 이뤄져 있다.

나는 자립하기 위해 확실한 물질적 안정 외에 2가지를 더 추가했다. 바로 나이 들수록 걷잡을 수 없이 커지는 병원비를 줄이고 실질적인 삶의 질을 높여 줄 기초 체력 올리기, 그리고 삶의 의미를 돈에 전부 맞추며 시간을 쓰지 않도록 존엄하고 깔끔한 생의 마지막을 준비하고자 했다. 자립의 시작은 부엌 캐비닛에 보관한 콘푸레이크에 개미가 들끓을 만큼 어설펐지만, 이제는 끼니를 손수 만들어 먹을 만큼 똑 부러지게 변했다. 실직과 같이 좌절의 순간도 있었지만 지금은 여러 직업을 가지고 산다.

그 사이사이에 자립심만큼은 커다랗게 자랐다. 사회인이 되어 내가 가장 크게 키운 감정은 불안이다. 대부분

부정적인 감정이라고 여기는 불안은 이제 내게 조금 다른 의미를 지닌다. 불안이 스밀 때면 변화해야 할 때,라고 감정을 치환하게 되면서다. 자기 신뢰보다 불안이 나를 움직이게 하며, 홀로 단단히 서게 도왔다. 그 부작용으로 마냥 해맑았던 성격마저 조금씩 변해 늘 최악을 가정하며 채비하는 불안한 계획주의자가 되었지만.

이 책은 시골쥐 수필가가 서울에 살면서 6가지로 분류한 작은 목표를 실현해 가는 이야기다. 야심가라도 언제나 작은 것부터 단계적으로 해나가야 도달하는 법. 각각의 '작은 목표'에 내가 참고한 혹은 나의 포트폴리오를 포함하여 구체적인 팁을 담으려고 했다. 그렇지만, 나의 지난 수필 『나를 바꾼 기록생활』, 스프레드시트로 하는 먼지 안 나는 일상 정리를 읽은 독자들이 "막상 따라 하기에 너무 어려운걸요!"라고 했던 것처럼, 이번에도 그렇게 읽힐지 모른다. 지나치게 절약하는 삶이라니, 일상을 기쁘게 할 도파민이 어디에도 없다고.

"하지만 여러분, 이게 저의 현실이랍니다. '작은 집이면 충분하고, 하루 1만 원도 너무 많다. 생활비를 더 줄이며 살 테다!'라고 외치는 지금 말이지요. 왜냐하면 스스로 삶의 안전망을 만드는 시작이 늦었다고 생각하기 때문입니다. 그러니 저처럼 뒤늦게라도 자유를 사겠노라 외치는 분들에게만큼은 도움이 되길 바랍니다"라고 답할 수밖에.

돈은 그 자체로는 아무 의미가 없다. 돈이 가져오는 안정감, 시간적 여유, 선택의 자유와 같은 가치가 소중하기에 잠깐의 기분 전환에 돈을 당분간 쓰지 않아도 내겐 큰 타격이 없다. 이렇게 도파민 자극이 줄어드니 오히려 행복을 느끼는 감도가 높아져 정상적인 건강 상태라면 깊은 공허나 가벼운 우울감이 스밀 틈도 없다. 삶의 문제로부터 나를 보호하는 울타리가 튼튼해질수록 내 마음보는 점점 넓어져 나와 맞지 않는 타인의 결점까지도 조금씩 포용하고, 스스로를 다그치는 횟수도 줄어드는 좋은 사람이 되지 않을지. 않을지? 아직 모르지만, 늘 삶이 더 나아지길 바라는 마음만큼은 변치 않는다.

원래 세상사 모든 일에 아이디어는 무궁무진하다. 다만 실행하는 사람과 하지 않는 이가 있고, 계속하는 사람과 그만두는 누군가가 있을 뿐. 끝까지 가보지 않고 멈추면 어떤 결론이 결승점에서 나를 기다리고 있을지 전

혀 모르게 된다. 5년 후에 나는 정말 자유를 살 수 있을
까? 아직 답은 모르지만, 그 길을 불안을 벗삼아 함께
가보겠다.

예비 자유인

신미경

자유의 가격

낭비 없는 오늘, 풍요로운 내일

반짝이는 희망이
입금되었습니다

나의 부업 이야기

와식 생활자의
달리기

호감 가는 사람으로
남길 바라

자유의
가격

좋아하는 도시에서 산다

대출 없는 집 한 채와 일하지 않아도 들어오는 생활비가 있다면 의식주 걱정 없이 온전히 내가 하고 싶은 대로 살아갈 텐데. 1882년에 태어난 영국 작가 버지니아 울프는 여성이 글을 쓰기 위해서는 자기만의 방과 연 500파운드(지금 기준으로 4천~5천만 원)의 소득이 있어야 한다고 했다. 그로부터 142년이 지난 지금도 각자 형편에 따라 집의 수준이나 생활비는 달라지겠지만, 이 두 가지는 살아가는 기본이다.

그러나 자립의 관점에서 봤을 때는 경제적 채비 이전에 내가 어디에서 살지를 정하는 게 우선이다. 거주비며 생활비, 물가를 따지고자 하는 돈의 문제라기보다 자립을 결심했을 때의 첫 번째 의사결정이라는 점에 더 큰 의미가 있다. 어릴 때는 부모님의 의지대로 내가 살아갈 곳이 결정되었다. 내 경우 지방 도시에서 태어났지만, 커나

가면서 나의 꿈을 품기에는 작은 곳이라는 생각이 쑥쑥 자랐고, 하고 싶은 일을 찾아 서울에 왔다. 고향을 떠나고 나서야 나는 비로소 어른이 되었다.

서울에서 살아온 지 벌써 17년째. 지금 시점으로 핫 플레이스로 이름을 날리는 성수동에 자리 잡은 회사는 집에서 1시간 남짓 걸린다. 퇴근 후에는 운동을 가는 날이 더 많지만, 가끔은 성수동에 즐비한 맛있는 빵집에 들러 가장 건강해 보이는 잡곡 식빵을 사는 소소한 장보기를 하고 집에 갈 때도 있다. 저녁을 지어먹으려고 머릿속으로 시골에 계신 엄마가 보내 준 찹쌀에 백미를 얼마만큼 섞어 밥을 할지, 또 겨울 들어 즐겨 끓이는 훌훌 넘어가는 계란국 레시피를 곱씹기도 한다.

핫플을 매일 오가지만 즐길거리를 탐닉하는 데는 흥미가 사라진 지 오래라서 어서 빨리 집으로 가고 싶다. 평범하고도 단정한 일상이 이어질 때면 이 커다란 도시가 흔히 말하는 삭막함은 없고, 고향보다 더 친숙하고 편할 뿐이다. 어딜 가나 인구 소멸을 걱정하는 목소리가 들리는 이때에도 내 곁으로 수많은 사람들이 활기와 피로를 동시에 내뿜으며 지나간다. 디스토피아는 오직 뉴스 속에만 있나 싶을 정도로 매일 많은 이들을 만난다.

내가 사는 집은 반올림해서 12평이다. "봐, 이렇게 사니 요즘 젊은 여자들이 결혼하고 싶어 하겠어? 내 딸도 나이가 찼는데 시집을 안 간다고 해서… 에휴." 오랫동안 거래해 온 나이 지긋한 동네 세탁소 여자 사장님이 드라이클리닝을 마친 코트, 캐시미어 니트와 머플러 같은 겨울 옷을 배달해 주시면서 우리 집을 보고 남긴 리뷰다. 가스검침원인 여자 담당자 분도 우리 집에 처음 왔을 때 잠깐 할 일을 잊고 집 구경을 하였는데, "옷이 이거뿐이에요? 내 딸도 이렇게 정리를 잘해 놓고 살아야 할 텐데"라며 또 다른 리뷰를 남기기도 했다.

결혼한 지인들에게 늘 '혼자 살기 딱 좋아 보인다'고 평가 받았던 우리 집. 아니 정확히 그냥 내 집은 그들이 사는 넓고 큼지막한 집보다 분명 불편한 점이 많이 보일 텐데도 눈에 하트가 생기는 구석이 있는 모양이다. 아마 그 누구도 방해하지 않고, 자신의 취향 물건으로만 채운 오직 한 사람의 공간이라는 점이 특유의 분위기를 만드는 거 같다.

고향에서 대학을 졸업하고 매우 적은 돈을 들고 나 홀로 상경한 이후로 서울살이는 주거와의 투쟁이었다. 내가 서울에 정착한 초반 무렵에는 취업 사기를 두 번 당해 월세를 제때 내지 못했고, 보증금마저 까먹었을 만큼 힘든 시기를 보내기도 했다. 당시 세가 부담되어 점점 더 서울의 변두리로 밀려나 허름한 주택에서 살지언정 단 한 번도 경기도로 나가 살아 본 적은 없었다. 작고 낡고 불편한데 생각보다 비싼 온갖 곳들을 거치면서도 서울을 포기하지 못했던 이유는 단지 출퇴근에 소요되는 시간과 체력 때문만은 아니었다.

가끔 고향 사람들이 왜 서울이 좋냐고 물어보곤 한다. 사람 많고 복잡하고 지저분하지 않냐고. 어느 주말, 집에 있다가 갑자기 국립중앙박물관의 서화관에 가서 오래 시간을 보내고 집에 오는 날이면, 이게 바로 나의 답이라 생각한다. 언제 또 여길 오겠어, 하면서 여행자처럼 커다란 전시관을 다 둘러보겠노라고 마음먹지 않아도 된다는 그 하나만으로 나는 이곳에서 산다. 다음을 쉽게 약속할 만큼 가까운 거리. 내 삶의 우선순위는 지적인 즐길거리에 있기도 하나, 어쩌면 내가 살기로 정한 곳이라는 이유가 더 크지 않을까 싶기도 하고. 지금 집을 채운 모든 물건이, 또 여기에서 보내는 하루하루가 내가 선택하고 결정 내렸다는 점에서 내겐 좋고 싫고에 대한 판단이 없다.

처음 서울에 왔을 때만 해도 아는 사람이 아무도 없었다. 그런데 지금은 기차역에서 우연히 만나기도 하고, 길을 걷다가도 아는 얼굴을 발견할 만큼 나는 이곳에 단단히 뿌리내리고 있다. 일하며 만난 인연이 대부분이지만, 의지가 되는 사람이란 언제나 그렇듯 나와 가장 가까운 거리에 있는 이들이다. 가끔 집 창문 밖으로 우거진 숲이 보였으면 하는 바람으로 뷰가 좋은 집을 찾아 서울을 떠날까 싶다가도 내가 만난 사람들을 두고 낯선 도시로 떠나기에 아쉽고, 복잡한 도심 속 고고한 창덕궁 담벼락을 바라보면 여전히 설레니 '내가 어딜 가겠어, 이렇게 좋은 곳을 두고' 하는 단단한 마음은 아직 변하지 않는다.

자립 포트 폴리오

저금생활자의 의식주

고작 32세에 크게 아팠던 나는 체력이 바닥까지 떨어졌고, '언제 죽어도 이상하지 않다'는 당연한 이유로 여생을 혼자 살기로 결심했다. 타고난 성향도 혼자 있기를 좋아하는 타입이어서 엄청난 각오는 아니었고, 투병이 일종의 트리거가 되었을 뿐이다. 당시 참고할 만한 삶의 모델을 찾아 많은 책을 읽던 중에 내게 기이한 영감을 준 소설이 있었으니 바로 무레 요코의 『세 평의 행복, 연꽃 빌라』다. 주인공 교코의 삶에서 바로 이거다, 싶은 포인트를 발견했다. 교코는 45세가 되자 모아둔 저금을 일정하게 인출해 생활비로 쓰면서 아무것도 하지 않기로 한다.

솔직히 말해서 처음부터 마음에 감겨 드는 삶의 모습은 아니었다. 누구나 알아주는 큰 광고회사에 다니는 직장인의 삶을 버리고 왜 이런 가난한 생활을 선택하는 거지? 그때의 나는 일에 미래를 걸었을 뿐 한 발 후퇴해 관망하는 삶은 상상조차 하지 못했다. 소설을 쉬지 않고 읽으면서 동시에 불편한 마음도 샘솟았다. 이토록 피로하고 일만 하는 나날이 당연하지 않음을, 교코의 결정이 내가 믿고 있던 관념을 전면으로 부정했기 때문이다.

어느 날 교코는 텔레비전을 보다가, 파티가 끊이지 않는 화려한 일에 싫증 나서 은퇴한 뉴욕에 사는 여성에게서 영감을 얻는다. 그 뉴요커는 한 달에 100만 원가량의 생활비를 쓰면 30년 정도를 일하지 않고 살 수 있다는 계산으로 회사를 그만두었다(소설 속에서 10만 엔이라 언급했는데, 편의상 100엔= 1,000원으로 환산).

교코의 은퇴 포트폴리오

45세, 무직, 싱글 여성

은퇴 자금: 4억2천만 원 추정. 생활비 월 100만 원(10만 엔)을 지키면 여든까지 살 수 있다고 한다. 부모님과 함께 살면서 10~15년 정도 월급을 모았다. 은퇴 전 직업은 이름만 말해도 누구나 아는 대기업 광고회사 직원.

의: 광고회사에 다닐 적 유행에 맞춰 산 옷들 중 일부를 트렁크 2개 분량으로 정리. 가족 모임 등 신경 써서 입어야 할 경우에 필요한 정장 한 벌과 그에 맞는 액세서리는 남겨 두었다.

식: 유기농 식품 가게에서 직접 구매. 채소와 치즈, 천연 효모 빵, 배아미와 무첨가 된장, 미역, 두부, 낫토 등 혼자 살기 때문에 여유 있게 식비를 지출한다.

주: 엄마와 잘 맞지 않아서 일찍부터 독립을 결심했다. 도쿄 번화가에 위치한 오래된 주택가, 연꽃 빌라 2호실이 새 보금자리인데 세 평짜리 방에 작은 부엌만 딸린 집으로 공동 화장실과 샤워실을 써야 한다. 여름에는 습기와 곰팡이, 모기로 고통 받고 겨울에는 외풍이 심한 곳이다. 월세는 30만 원(3만 엔).

하는 일: 아무것도 하지 않는다. 은퇴 직후 막상 해야 할 일이 없는 자신을 굉장히 불안해 한다. 일종의 적응 기간. 낮 시간에는 주로 도서관이나 동네 산책을 간다.

롤 모델: 소설가 모리 마리의 책 『우아한 가난뱅이』.

소설 속 연꽃빌라는 편안하고 아늑한 집이 아닌 안팎 구분이 없는 야생 그 자체로 그려진다. 나는 이 허구의 이야기에 과몰입한 나머지 적어도 불편함 없이 살 만한 작은 집은 꼭 마련하겠노라고 다짐했다. 그 결과가 지금 의 12평짜리 집이다. 벌써 이 집에서도 거의 10년을 살 았다.

서울 집 값은 너무 비싸서 소득이 높지 않은 나는 평생 집을 못 살 줄 알았다. 그런데 눈을 대폭 낮추니 이사 가지 않고도 평생 살 만한 곳이 있었다. 허름한 주거지 를 여럿 거치며 고군분투해 돈을 벌어서 산 순도 100% 내 집, 내겐 자립의 상징 같은 곳. 소설 속 3평보다 무려 4배가 더 큰 면적! 집이 주는 정서적 안정감은 상상 이 상이다.

그러나 대출금은 짐덩어리와 같아서 한동안 사치비를 모두 없애고 돈을 버는 족족 대출금을 모두 갚았고, 그 제야 주거에 대한 걱정이 완전히 사라졌다. 동시에 은행 이 잡아 놓은 근저당 설정을 풀려고 업무를 보던 내 모 습이 정말 어른 같았다. 비록 티셔츠에 반바지 차림이었 지만 근저당 말소 비용으로 소정의 수수료를 내고, 주민

센터에서 등기부등본을 떼보았던 철저함 같은 것. 나는 집이 생기고 나서야 경제관념이 생겼고 삶의 여러 부분을 야무지게 챙기기 시작했다. 그래서 집이 있으면 확실한 어른으로 여기나 보다.

나 홀로 살아갈 계획에서 집 문제를 해결한 후로 생활비 문제에 봉착했다. 평생 일정 생활비를 꺼내 쓴다는 교코의 아이디어는 참신했지만 현실적으로 이 포트폴리오를 진짜 삶에 적용시켜 보니 허점이 많았다. 우선 생활비 책정에 인플레이션을 고려하지 않았고, 갑작스러운 질병이나 사고로 목돈이 들어갈 경우의 보완책이 없었다. 그렇지만 이 소설 덕분에 국민평형이나 투자 가치가 있는 부동산에 집착할 이유 없이 형편에 맞는 작은 집에서 살아도 괜찮다는 아이디어를 얻어 실행했고, 교코처럼 앞으로 최소욕구생활비만 마련하면 은퇴할 수 있다는 희망에 부풀기 시작했다.

45세에 은퇴할 수 있을까?

"능력이 안 되면 야망을 버리세요." 보던 드라마에서 마음에 콕 박히는 대사가 들렸다. 그리고 그 말을 대충 한 귀로 흘려보내지 못한 나는 즉시 땅굴을 파기 시작했다. '그래, 나는 능력이 없어. 야망을 버리면 편해져.' 회사 일로 보면 내가 설계하고 실행한 어느 기획 하나도 대박을 터트리지 못했고, 뚜렷한 성과가 없는 일을 무한 반복하고 있는 기분이었다. 대단한 성공은 없어도 평균으로 보면 이익을 내고 있었음에도 나는 화려하게 성공하지 않았기에 실패의 아이콘 같았다.

스스로에게 거는 기대가 너무 커서 질릴 지경이다. 우리 엄마도 나에게 이 정도 기대는 안 걸 텐데 나는 왜 나를 이렇게 과대평가하며 사는 걸까. 잊을 만하면 찾아오는 내 건강의 적신호는 어쩌면 나를 몰아붙이는 자신 때문일지도 모른다. 그래서 '특별히 잘나지 않았으니 그냥 계속해, 그러다 보면 먹고는 살 거야' 같은 태도를 가지려 했다. '실패란 뭐라도 해봤다는 증거이자 내가 이 일을 잘하게 된 귀한 흔적이다' 이렇게 외치며 뛰어난 점 없는 내 삶에 자기 암시를 걸기도 했다. 채찍과 당근으로 나를 다독이다가도 나와 비슷한 분야에서 대성해 반짝 반짝 빛나는 사람들의 모습을 볼 때 부러움이나 열등감 이 생기지 않았다면, 나는 속세인이 아닌 수도자이리라.

이런 비교에서 자유롭고자 하루라도 빨리 사회의 경쟁 에서 벗어나 아무도 나를 평가하지 않는 안온한 내 집 에서 교코처럼 빈둥거리고 싶다. 매일 아무 때나 일어나 고 동네를 산책하고 밥을 챙겨 먹는, 기간을 정하지 않 고 아무것도 하지 않거나 하고 싶은 일이 생기면 성과 따위에 연연하지 않고 즐기면서 하면 좋겠다. 아무래도 번아웃인 모양이다.

이런 바람은 지하철을 탈 때면 더욱 강해졌다. 일로 가 끔 겪는 좌절감 이전에, 아침부터 기 빨리는 교통지옥을 경험할수록 무엇을 위해 이렇게 사는지 슬퍼졌다. 자주 는 아니고 아주 가끔 몸이 힘든 날만. 지하철에서 나는 대부분 일에 도움 되는 책을 읽으며 업무를 잘하고 싶은 욕심에 눈을 빛내곤 했지만, 평생을 이렇게 고용주가 정해 놓은 시간표대로 살라고 하면 '아니요'다.

지하철에서 핸드폰 메모앱에 예상 은퇴 생활비를 계산하고 또 계산하며 자주 미래를 꿈꿨다. 미국에서 마흔 이전, 일찍 경제적 자유를 얻고자 하는 이들을 일컬어 '파이어(FIRE: Financial Independence, Retire Early)'라 부르는데, 이들이 참고하는 은퇴자금 계산법이 있다. 1990년대 윌리엄 벤젠이라는 미국의 재무관리사가 소개한 4% 법칙은 자신의 1년 생활비의 25배를 모은 다음, 4%의 투자 수익을 얻으면 해당 수익만으로 생활이 가능하다는 셈법이다. 당연하지만 생활비를 줄이면 줄일수록 빠른 은퇴가 가능해 보인다.

미국 파이어족의 은퇴 목표 금액은 10억 원 정도라고 하지만, 나는 이미 조기 은퇴와 거리가 먼 나이이기도 하고 진짜로 빈둥거리는, 일하지 않는 삶을 바라는 것은 아니다. 어떤 형태로든 세상에서 나의 쓸모를 확인하고 소속감을 갖기 위해 계속 일할 거지만, '남의 시간표대로 살지 않기'는 이루고자 하는 작은 목표다.

세상을 모험하고 도전할 때 생기는 수많은 위험 속에서도 삶이 밑바닥으로 수직 낙하하지 않을 안전망 갖기는 목적이었다. 그러니 중산층의 생활비라는 연 4천만 원에 맞춰진 10억 원을 목표로 삼지 않아도 되었다. 그 돈을 자동화시켜 월급처럼 받으려면 나의 생계형 돈벌이 은퇴 목표인 45세는 어림도 없는 나이이기 때문이다.

이런 내게 극적으로 늘지 않는 수입보다는 지출 통제로 더 많은 돈 모으기가 보다 확실했다. 나는 4년 전부터 수입과 지출에 대한 세세한 돈 정리를 꾸준히 해오고 있는데, 그동안의 수입과 지출의 흐름을 표로 살펴보니 무엇을 줄여야 할지 한눈에 보였다. 교통비, 통신비, 전기/가스/수도료, 보험료, 국세와 지방세에 해당하는 고정지출은 월평균 25~30만 원 수준이었다. 고정비는 그동안 같은 서비스에 더 저렴한 비용을 찾았고, 에너지 절약을 실천하는 쪽으로 움직여 더는 줄일 항목이 없을 정도로 최소화되어 있다.

고정비보다 지출에 더 큰 비중을 차지하는 것은 변동비다. 식비는 필수 지출이긴 하지만 고정비로 보기엔 어렵다. 상황에 따라 매달 쓰는 돈이 달라지므로 변동비에 가깝다. 생필품, 경조사비, 병원비, 여가비 같은 부류는 확실한 변동비. 게다가 변동비는 매월 정확한 금액이 필요하기보다 1년 단위로 쓰는 항목이라서 미리 모아둔 예산에서 쓰는 편이 과소비를 막는다.

파이어 은퇴 공식인 생활비의 25배가 얼마인지를 계산하려면, 내가 지금 얼마를 쓰고 있는지 먼저 알아야 한다. 입출금 기록조차 정리해 두지 않아 내가 어디에 어느 정도 소비하는지 모르는 채 미래에 무작정 월 100만 원만 쓸 거야, 하면 그게 가능할 리 없다.

나는 생계를 보장하는 생활비를 오래 누적된 소비 패턴을 보고 제대로 계산했고, 예비비를 포함하여 월 120만 원으로 잡았다. 인플레이션은 고려하지 않은 실시간의 숫자다. 이제 그 돈을 어떻게 마련하고 종잣돈으로 불로소득 시스템을 만들지, 이에 대한 숙제만 남는다. 생계와 상관없는 취미 혹은 공부 같은 자아실현 영역에 돈을 쓰고 싶을 때는 추가로 벌어들이는 소득에서 사용하자는 결심을 끝으로 나의 은퇴 계획이 끝났다.

파이어족을 다룬 여러 책을 읽어 보면 어떤 삶을 살고

싶은지 먼저 생각해 보라고 조언한다. 행복에 물질적인 비중은 크지 않다는 것이 요지이며, 그런 이미지를 마음속에 그리면 조기 은퇴를 달성할 때까지의 지난한 절약과 소박한 생활을 견디기 수월해서라고 보는 듯하다. 나는 책 속 조언과 달리, 은퇴 후 무엇을 하며 살지 구체적으로 계획하지는 않았다. 내가 일종의 최소 비용 파이어족이 되면 그때 고민하려고 한다.

살다 보니 내가 처한 상황에 따라 원하는 바는 매번 달라졌고, 당장 오늘 무슨 일이 일어날지도 모르는데 약 5년 후에 내가 어떨지는 전혀 짐작할 수 없다. 확실한 하나는 그때가 오면 나는 선택의 자유를 갖게 된다는 것. 단지 그 하나를 위해 나는 덜 쓰기로 결심했다.

돈으로 진짜 사고 싶은 것

배를 곯을 일이 없고, 오히려 과체중을 걱정한다. 매일 갈아입을 옷이 있고 안전한 동네의 볕이 잘 드는 따뜻한 잠자리도 가졌다. 일상 내내 붙어사는 컴퓨터는 목적에 따라 작업방 책상 위 일체형 컴퓨터 아이맥, 그 옆의 외출용 타자기인 아이패드, 그리고 어쩌다 사용하는 맥북까지 구비되어 있다. 핸드폰도 나름 최신 모델로 잊지 않고 업그레이드를 한다.

현대적인 삶에 필요한 여러 가전의 편리함을 누리고, 생필품을 고를 때는 적당히 좋은 것을 택한다. 아프면 즉시 병원에서 적절한 치료를 받는다. 1년에 한 번, 때로 은퇴 자금을 줄이면 두 번 정도는 길거나 짧은 거리의 해외여행을 갈 수도 있다. 비행기 퍼스트클래스나 5성급 호텔에서 숙박하진 못하지만 3등석 승객으로, 스탠더드 룸에 묵는 게스트로서의 여행비는 크게 부담스럽지 않다. 나는 표면적으로 보면 물질적 부족함은 전혀 없다. 그러나 수시로 심리적 가난에 시달린다. 지금 당장 월급이 없어지면 유지하지 못할 생활임을 알아서다.

다니는 회사의 성장이 꺾여서 정리 해고 바람이 불면, 근심으로 가득 차 서로를 바라보는 직장 동료들의 표정이 어둡다. 게다가 내 시간이 온통 계약에 묶여 있음을 깨달을 때면 부자유함을 느낀다. 연봉근로계약, 마감일이 명시된 집필계약, 소소한 청탁 원고에 대한 메일 전송일도. 일에 붙은 기한은 짧거나 길게 내 시간을 돈으로 바꾸고 있다는 의미다.

사람마다 시간의 값이 다른 능력주의 시대는 위아래가 열려 있는 사회라서 실력에 따라 시간을 파는 값을 올릴 수 있다는 점이 나를 채찍질한다. 그러니 엄마 친구 딸보다 내가 가난한 이유는 능력이 부족한 내 탓이다. 그게 지나온 절망감의 이유이며, 경쟁을 피해 나를 지키고 싶은 마음의 시작이었다. 그렇게 심리적 가난의 원인을 타인보다 못난 내 탓이라 여겼는데, 최근 두 번째 수술을 받은 나는 그저 내게 남은 시간이 가장 소중해졌다.

무라카미 하루키가 잡지 〈GQ 코리아〉와 했던 인터뷰 중에 내게 깊은 인상을 남긴 답변을 발견했다. 인세 덕분에 부자가 됐냐고 묻는 질문에, 돈은 많이 벌었으나 자신은 돈에 욕심이 없다는 것. 그 많은 돈으로 무얼 하느냐는 추가 질문에 가장 값비싼 시간, 달리 말하면 자유를 산다는 완벽한 답이 이어진다.

소설가 하루키의 말처럼 나 역시 돈으로 사고 싶은 것은 시간이다. 내 시간을 마음대로 사용할 자유. 내 것임에도 내 것이 아닌 듯한 시간은 도대체 얼마를 주고 살 수 있는 걸까? 사회에서의 계약이 아닌 자신이 매기는 시간의 가치는 주관적이다. 나는 노동으로 내 시간을 바꾸지 않았을 때, 생활비 측면에서 나의 24시간을 최소욕구 기준으로 하루 4만 원, 30일은 월 120만 원, 1년은 1440만 원이면 살 수 있다고 본다. 미국 예일대학교 신입생 중 자신의 목표를 구체적인 글로 작성한 학생은 3%였는데, 20년 후에 이들의 재산이 나머지 학생들의 재산을 모두 합한 것보다 많았다고 한다.

막연히 엄청난 부자, 적당히 편안한 생활을 꿈꾸기보다 그게 내게 얼마짜리인지 확실한 가격표를 정하면 도달

할 확률이 높아진다. 스스로 자신의 자유에 붙인 가격은 가장 현실적인 계산기로 두들겨 본 시간의 값이어야 한다.

내 시간의 시장 가격이 정확히 얼마인지 궁금했을 때 '일일 소득 노트'를 기록해 본 적이 있다. 내가 하루의 대부분을 쓰는 회사에서 받는 세후 월급을 진짜 일한 날로 나눠 하루 일급으로 계산했고, 비정기 소득인 금융, 사업, 기타(상품권처럼 별도로 납부할 세금이 없는 수입)로 나눠 매일 수입의 현금 흐름을 살펴보았는데, 나의 시간은 매일 그 가격이 달랐다. 주말은 회사원으로서 수입이 없으니 대체적으로 CMA 계좌에 붙은 조그마한 금융소득 정도밖엔 없었다. 월급을 일급으로 전환하면 내가 회사원으로 쓰는 하루 11시간(근무 시간 외 출퇴근과 점심시간까지 포함)의 가격이 보인다. 자다 깬 새벽에도 업무에 대한 고민을 곧잘 할 정도니 감정 노동까지 포함하면 11시간 이상 회사에 쓰고 있기에, 여기까지 포함해 시급으로 나누면 그 가격은 더 적다.

이렇게 벌어들인 돈이니 무가치한 흥미성 소비는 주저하게 되며, 동시에 내가 월급 없이도 살려면 어디에서 수입을 늘려야 할지가 보인다. 스프레드시트로 소득 파이프라인을 명확히 정리한 후로 나는 일일 소득 기록을 멈췄다. 월급을 제외하면 나머지는 대부분 푼돈이어서 적는 시간이 더 아까웠다. 대신 지금은 자산관리부에 월 결산으로 수입과 지출의 흐름을 파악한다.

그러고 보니 내겐 시간보다 더 사고 싶은 것이 있다. 회사를 다니다 여러 이유로 세 번 정도 퇴사한 적이 있는데, 평균 1년 여의 안식년을 가졌다. 온전한 내 시간이었기에 여유로운 와중에도 돈에 대한 걱정이 틈틈이 스미던 시절, 실제로 은행 계좌에 나가는 돈만 있고 들어오는 돈은 없으니 내가 딛고 있는 땅이 점점 좁아지는 기분이었다. 시간은 많았지만 돈이 없어 불행했는데, 당장 끼니를 해결할 돈이 부족한 게 아니라 조금씩 줄어드는 숫자를 지켜볼 때 생기는 불안감을 견디기 어려웠다. '두 달 뒤부터는 벌지 않으면 안 돼.' 나는 그렇게 불안에 떠밀려 행복을 실시간으로 누리지 못한 채 풀타임 근로자로 돌아가길 반복했다.

나는 자유가 필요하고 그건 시간이라고 생각했다. 그러나 나에게 진짜 자유가 무엇인지 면밀히 들여다봤을 때, 답은 안정감이다. 나를 지켜 줄 정서적 울타리는 그냥 모은 돈이 아닌, 월급처럼 매월 일정한 현금이 들어온다는 기대소득에 가깝다. 자유롭고 싶다고 백 번 외치고 바라는 것보다 오늘의 한 푼을 투자할 때, 나는 안정감에 한 걸음 더 다가간다. 그리고 내가 돈으로 안정감을 사게 된다면 더는 돈 자체에 신경 쓰지 않기를 바란다. 내가 바라는 궁극의 자유다.

불행을 위한 통장

내가 늘 바라 왔던 출퇴근 은퇴를 사전 체험하고 있다. 나는 하루 종일 숲이 보이는 창가에 앉아 책을 읽고, 글을 쓰고, 차를 마신다. 식사를 마치면 꼭 이곳에서 바깥의 나무들을 바라보며 과일을 먹기도 한다. 비 내리는 북부의 시골은 5월 초 무렵임에도 한기가 스밀 만큼 다소 서늘한 탓에 전기 히터로 공기를 덥히고, 바닥에 깐 작은 온열 패드로 엉덩이와 다리를 따듯하게 해주고 있다. 태양광 주택이라서 전기료 부담이 없군, 하는 마음으로 에너지 절약에 연연하지 않고 느긋하다.

테이블에는 산도르 마라이의 소설과 박완서의 에세이가 가지런히 놓여 있고, 그 옆에는 나의 빵 굽는 타자기 맥북이 상시 켜져 있다. 나는 이 글을 쓰다가 보온병의 뚜껑을 열어 미지근한 물을 마시고, 무릎을 덮고 있는 담요를 배까지 끌어당기기도 한다. 수술 테이프가 붙은 배는 여전히 경미한 통증이 있다. 침대에 누우면 어지럽기도 하지만, 오늘부터 먹을 약이 없다는 사실 하나로 기분이 한결 좋다. 내일이면 시골의 별장 같은 친오빠 부부네에서 동가숙서가식했던 생활과 안녕하고, 서울 내 집으로 돌아간다.

벌써 기억에서 조금씩 희미해지고 있지만, 불과 7일 전의 나는 종합병원에 입원한 환자였다. 입원실 침대 이름표에는 병원 나이로 만 39세라 적혀 있었다. 나는 30대에 벌써 두 번의 전신마취 수술을 했구나 싶었다. 이미 수술해 본 경험이 있어 그런지 수술방에 들어갈 때 떨리지는 않았는데, 마취에서 깨어나며 '아직 살아 있네'라는 기분이 드는 것은 첫 번째와 달라지지 않았다. 몸에는 질병과 치른 두 번째의 흔적이 새겨진다.

첫 번째는 비교적 큰 병이어서 혼자 살자는 결심을 굳건히 했다면, 두 번째는 노년의 삶에 대한 진지한 고민을 안겨 줬다. 단순히 '시간을 내 맘대로 쓸래, 출퇴근에서 은퇴하자'라며 울부짖었던 내가 얼마나 근시안적이었는지 몸소 알게 되었다. 나는 수술 전 약물 치료 때문에 마음의 준비도 없이 기간 한정 갱년기를 겪어야 했다. 그때 노년을 막연히 상상하는 것과, 비슷하게나마 겪는 것 사이에는 엄청난 차이가 있음을 알게 되었다. 나이가 들수록 노동으로 먹고 사는 것은 신체 건강한 소수의 사람만 가능할 뿐, 나처럼 기력이 떨어지는 사람이라면 한 살이라도 젊을 때 노동 없이 먹고 살 계획을 세워야 한다.

젊을 때는 분명 공짜였던 것들이 있다. 반짝이는 피부, 풍성한 머리카락, 오래 걸어도 부드러운 무릎 관절과 가끔 밤을 새도 크게 축 나지 않는 체력과 올곧은 체형까지도. 무료 체험 기간도 오래여서 30여 년 이상을 조금씩 기능은 떨어지지만 아직은 괜찮아, 하는 수준으로 누리며 산다.

그런데 가지고 태어난 내 몸이 이 모든 것의 내구성이 떨어졌다며 돈을 쓰라고 할 때가 온다. 오랫동안 당연히 누렸던 몸의 이점이 사라질 때의 상실감은 예상보다 더 크다. 몸이 순식간에 더워져 사무실에서 손부채를 부쳐대는 나를 바라보는 58세 회사 상사에게 "내가 그랬지, 갱년기 오면 캐시미어 니트는 못 입는다니까?"라는 말을 들으며 좋아하는 니트를 벗는 심정이란. 내가 뭘 했다고 뼈마디가 욱신거리는 걸까. 3~4시간 자고 깨서 다시는 잠들지 못하던 무수한 밤들은 적응은 했지만, 동시에 활력을 빼앗겼다. 중년의 태가 나는 얼굴, 대사 능력이 떨어졌는지 먹지 않아도 배가 나온 나. 이렇게 점점 노인이 되는구나 싶어 덜컥 겁이 났다.

앞으로 진짜 갱년기를 오랜 기간 겪고 결국 할머니가 된다는 것. 귀엽거나 세련되거나 어떤 각오를 다진 수식어와 함께 그런 할머니가 될 거야, 하는 외침이 얼마나 순진했던가.

그보다 필요한 건 돈이다. 불면증으로 인한 꿀잠 아이템인 눈의 피로를 풀어주는 온열 안대는 1회 1,300원, 갱년기 증상을 완화하고 숙면을 돕는다는 카모마일 티백 하나당 600원씩, 약 2천 원을 잠을 잘 자보려고 매일 가볍게 쓸 수 있는 재력. 이렇게 소소한 컨디션 개선 용품을 사는 것도 그러한데, 나이 듦을 겸허히 받아들일 날까지 갱년기 클리닉이나 피부과 치료 같은 것에 돈을 쓰고 싶어질 게 뻔히 보였다.

노화로 필연적으로 생기는 주름진 얼굴을 안타깝게 바

라보고, 비싼 화장품을 포기하지 않으려 하는 분들을 보면 왜 그렇게 (크게 나아질 리 없을 텐데도) 집착하시는 걸까 싶었던 어린 내 생각이 떠오른다. 누구나 처음부터 노인이 아니었기에 젊은 시절의 자신을 그리워하는 건 당연했다. 내가 단순히 생계비 은퇴를 마음속으로 부르짖었을 때는 예측하지 못했던 노년에 감정적 비용이 더 필요함을 알았다.

30대에 겪은 두 번의 큰 수술로 내가 건강 관리만 잘하면 다시 아프지 않을 거라는 생각이 쏙 들어갔다. 고령화 시대에 40대가 예전에 비해 청년 축에 속할 만큼 젊은 나이라고 사회적으로 말하지만 내 몸은 성실하게 중년으로 접어드는 중이다. 그럼에도 내가 다시 깨우친 하나는 어떤 불행이든 닥칠 수 있지만, 대비만 되어 있다면 이겨 낼 수 있다는 뻔하지만 진리에 가까운 사실이다.

몸을 추스르고 다시 일터로 돌아가기 전, 나는 위기관리를 위한 적금 통장 하나를 만들었다. 매월 일정 금액을 앞으로의 불행을 위해 모으기로 한다. 이제까지 돈은 돈일 뿐, 굳이 용도를 나누거나 통장에 이름을 붙이지는 않았었다. 그러나 돈에는 이름이 중요하다. 고정비를 자동이체로 납부하는 통장, 식비나 변동비를 넣어둔 예산 생활을 위한 통장, 위기관리용 비상금 통장, 갑작스러운 실직에도 살아남기 위해 다음 해 연간 생활비를 모으는 통장을 준비해 내 돈이 목적에 맞게 쓰일 수 있도록 만들기 등.

'설마, 아니겠지. 큰 병은 아닐 거야'라며 현실을 부정하다가 온갖 검사 끝에 "수술이 필요합니다"라는 의사의 건조한 말을 듣는 순간이 유쾌할 리 없다. 왜, 나에게 이런 일이…라는 생각이 머리끝까지 뻗칠 때마다 생각나는 일화 하나. 미국 대통령 조 바이든은 자신의 아내와 딸을 사고로 잃었을 때 슬픔에서 일으켜 세워 준 두 컷 만화를 간직하고 있다고 한다. 주인공 바이킹이 배가 좌초되자 신을 향해 원망의 목소리로 "왜 나입니까?Why me?"라고 외치자, 신은 "왜 너는 안 되지?Why not?"라고 되묻는다. 누구에게나 닥칠 수 있는 불행, 나만 예외일 수 없다. 그러나 좌절이 내 삶을 지나고 나면 인생의 전환점을 맞이하게 된다.

그제야 앞만 보고 가던 나를 멈춰 세우고 자신의 삶을 돌아볼 여유가 생겨서일까. 두 번째 질병이라는 위기를 맞이한 나는 1인 가구였기에 보호자 문제를 고민하긴 했으나, 적어도 7 자릿수 병원비 청구서에도 크게 걱정하진 않았다. 그런 여유가 나에게 돈이 주는 자유가 무엇인지 또렷하게 각인시키는 계기가 되었다. 나의 계좌 리스트에 새로 추가된 불행을 위한 통장. 여기에 돈이 쌓여갈수록 나를 지켜주는 희망이 실재한다는 믿음도 함께 커질 것이다.

Chapter 2

낭비 없는
오늘,
풍요로운
내일

아침 식사를 차리며

새벽녘이면 작은 주물냄비에서 1인분의 밥이 익어 간다. 나도 갓 지은 따끈한 밥에 국 없이 밥을 못 먹는 어르신 입맛이 되어서 진짜 아침'밥'을 차려 먹는다. 원래 토스터기에 갓 구워 낸 바삭한 잡곡빵에 샐러드를 곁들여 차를 마시곤 했는데 회사를 다니면서 구내식당에서 밥을 먹고, 저녁은 운동 때문에 가볍게 먹기 일쑤라 쟁여 둔 채소와 반찬이 상해서 못 먹는 경우가 왕왕 발생했다.

나는 자유를 사기 위해 낭비 없는 생활을 하기로 했으니 채소 반찬을 만들고, 전날 잡곡을 불려 놓고 잠들 만큼 계획적인 식생활을 한다. 그래, 조금 바지런을 떨어 보자. 이건 건강을 챙기기 이전에 지금 내게 최우선의 숙제인, 자유를 사기 위함이다.

빵을 사고 그에 걸맞는 곁들임 음식이나 제철이 아닌

값비싼 과일을 사지 않고, 냉장고에 쟁여둔 쌀과 채소, 반찬을 먹기 시작하니 식비를 거의 지출하지 않는 여러 날을 보낸다. 오래된 작은 냉장고를 채우는 먹거리는 가족 협찬품이 많다. 먹기 좋게 썰어 담아 소담하게 보내온 김치, 직판장에서 산 채소 혹은 직접 키운 채소를 역시 소용량 보내온 가족들 덕분에 식비가 진짜 많이 절약되고 있다.

부끄럽지만 예전의 나는 고마운 줄 모르고 받은 반찬이나 채소를 방치해 뒀다가 상해서 버리는 날도 많았다. 그때 내가 왜 그랬는지 면밀히 살펴보면 일로 받은 스트레스 때문에 고열량 고자극 음식을 찾거나, 역시 일 때문에 피곤해 밥을 챙겨 먹을 여유를 갖기 어려워서였다. 내가 고향을 떠나 서울에서 혼자 살 때는 먹고살아야 한다는 압박감으로 일에 완전히 미쳐 있어서, 정확히는 내 자리를 찾기 위해 고군분투할 때, 식사야말로 그저 대충 먹는 것이었다.

사무실에서 아침 대용식으로 편의점에서 산 떠먹는 요거트나 초코우유를 먹곤 했는데, 훗날 직장 동료가 "매일 아침 혼자 뭔가를 먹곤 했었지"라고 나의 그 시절을

회상해 다소 울적했던 기억이 난다. 엄마가 챙겨 주는 밥을 먹고 출근하는 동료에게는 어쩌면 사무실에서 먹는 소리는 듣고 싶지 않은 사적인 소음이었을 거라고 생각하니 꽤 민망했다. 게다가 그 시절의 나는 일종의 혈당 스파이크 음식이라 불릴 만한 종류를 시간이 없다는 이유로 대충 먹고살았으니 건강할 리도 없었다. 그러다 출근 시간에 쫓겨 허겁지겁 배만 채우는 초라한 식사가 싫어졌다.

몸이 상하고 난 후에야 후회하며 건강한 생활을 만들고 싶어진 나는 여러 건강 서적을 읽다가 나의 아침 식사 습관이 문제가 있음을 알았고, 천천히 식사를 바꿨다. 그즈음에 연봉이 올라서 조금은 여유 있는 식비 지출이 가능하기도 했다. 혼자 산다고 대충 먹지 말고 스스로 챙겨야지 싶었던 때부터 지금까지의 아침 식사는 나의 나쁜 생활 습관을 고쳐 나가기 시작했던 작지만 커다란 출발점이다.

출근하는 날 중 유일하게 내가 집에서 확실히 챙길 수 있는 식사는 아침밥뿐이며, 집에서 식사를 차리고 먹는 그 순간마다 내가 집과 평온하게 연결되어 있음을 느낀다. 집을 나서면 어떤 일이 생길지 알지 못하는 것과는 다른, 예측 가능함이 주는 안정감이다.

가벼운 아침 요가 스트레칭 동안 밥물이 끓는다. 환기를 하며 들어오는 아침 공기에 고소한 밥 냄새가 섞인다. "혼자 먹는 밥을 이렇게 챙겨 먹는 사람은 드물걸." 밥 챙겨 먹는 내가 뿌듯해 사진을 찍어 자랑을 하면 사람들로부터 돌아오는 반응은 비슷하다.

내게 아침 식사는 어느새 단순히 배를 채우는 행위가 아니라, 오늘 하루도 잘 살아 보자고 나에게 힘을 불어넣는 의식이 되었다. 내게 새로운 날이 주어진 걸. 그러니 하루를 시작하는 첫 번째 끼니는 나를 대접하는 기분으로 좋은 에너지를 담을 수 있도록 신경 쓴다. 내가 진짜 홀로 서서 잘 살아간다는 자립의 증거로서의 내가 차린 밥. 심신이 건강한 자립 생활을 위해 밥 잘 챙겨 먹기는 가장 먼저 숙달해야 할 생활의 기술이다.

누군가는 '직장인이 아침밥까지 지어 먹는다니!' 하며 지나치게 부지런한 것이 아닌가 싶어할지도 모르지만, 나는 정말 일찍 자고(야식은 먹지 않는다) 일찍 일어나기 때문(배가 고파 잠이 깨기도 한다)에 아침 시간이 꽤 넉넉한 편이라 가능하다. 다른 관점으로 살펴보면 집밥이 시간과 에너지를 더 쓰는 번거로움일지도 모른다. 그럼에도 내 입맛에 맞는 음식을, 깨끗하게 관리한 식자재로 기분 좋은 한 끼를 먹는다는 가치가 더 커서 어렵지 않다.

실상 그 이면에는 외식이 너무 비싸다는 내면의 아우성도 있다. 외식하며 식비를 많이 쓴 달에는 체중도 덩달아 증가하고, 건강을 잃을 확률도 높아진다. 인스턴트 음식으로 배를 채우는 비용과 값싼 제철 채소를 먹는 비용은 대동소이하다. 부지런한 사람은 건강도 챙기고 돈도 줄인다. 도랑치고 가재 잡고… 일석이조. 가재나 새를 진짜로 잡을 리 없는 현대 생활에 빗대어 보자면 '원쁠원 1+1' 혜택이다. 출근하는 날의 아침 식사는 조금 바삐 흐른다. 그때마다 생각한다. 일을 6시간 이내로 하며, 내가 정한 시간대로 일한다면 더 여유롭게 아침을 해 먹으며 살겠지. 그날을 바라보며 오늘도 조금은 바쁘게 식사를 차린다.

하루 1만 원으로 산다면

사실 절약 생활이라면 이골이 나 있다. 집 대출금 갚기 시절에 충분히 훈련하지 않았나. 그때처럼 나는 45세가 되기 전에 자동화한 최소욕구생활비를 마련하겠다는 일념으로 일단 생존에 필요한 비용을 제외하고 꾸밈비, 여행비, 문화비도 생략하거나 최소화할 각오를 했다. 대신 소중한 사람에게 쓰는 돈은 줄이지 않는다. 경조사를 챙기고 친구나 후배를 만나면 밥을 사는 비용인데, 나는 그다지 사교적인 사람이 아니라서 약속이 드물기에 솔직히 부담스럽지는 않다. 처지 생각 안 하고 펑펑 쓰진 않을 테지만, 마음을 표해야 할 때 인색하게 굴면 그게 바로 소탐대실이다.

내가 절약하는 이유는 선택의 자유를 사기 위함일 뿐이고, 돈은 도구에 불과해 또 벌면 되지만 소중한 사람은 항상 내 곁에 있지 않다. 나는 절약하는 마음의 균형을

Chapter 2
낭비 없는 오늘, 풍요로운 내일

위해 이런 원칙을 세웠다.

그동안 식비는 월 40~50만 원 정도를 사용했다. 식사는 소중하니까 유기농 식품을 고르고, 질 좋은 음식을 찾았다. 그러나 언제나 다 먹지 못하고 낭비하는 식자재가 있었다. 집밥을 해 먹는다 해도 솔직히 같은 걸 매일 먹으면 질리기 마련이라서 맛있는 걸 먹고자 새로운 식료품을 샀다. 그렇게 식비를 낭비했음을 반성하며, 장 보기 예산을 월 30만 원으로 줄이기로 했다. 일주일 단위로 정해진 식비를 지출하는 것은 어려웠고, 꼭 필요한 식료품 리스트를 만들어서 그것만 장을 본다는 계획도 실패한 후였다.

무슨 계획이든 단순한 게 최고다. 그래서 하루에 1만 원 식비 지출을 목표로 했다. 1만 원에 맞춰 식사를 했다기보다는 지출 통제에 가깝다. 원래 돈이란 하루에 10원도 쓰지 않다가도 갑자기 목돈이 나가는 등 들쑥날쑥하는데, 하루 1만 원이란 기준을 세우면 평소 돈을 쓰지 않다가도 며칠의 식비를 모아 두었다가 장을 보거나, 그 이상 사용하면 다음날 쓰지 않는 등 어떤 기준에 따라 움직이게 된다. 지출 통제가 어려운 사람에게는 꽤 유용한 일일 예산 생활이다.

기업가 일론 머스크의 일화 중 유명한 '1달러 실험'이 있다. 창업 전에 자신이 30달러(5만 원 정도)로 한 달을 살 수 있을지 확인해 보기로 했는데, 핫도그와 오렌지를 마트에서 산 다음 내내 그것만 먹고 컴퓨터 앞에 붙어 있었다고 한다. 그는 그런 상황이 나쁘지 않았고, 쫄딱 망한다 해도 30불은 벌지 않겠냐고 생각해 창업하게 된다. 이 실험을 보면 우리가 정해진 예산을 정확히 인지하고 있다면 이것에 맞춰 생활할 수 있음을, 욕구는 의지에 따라 탄력적으로 바뀜을 알게 된다. 그래서 나는 나의 최소 욕구(식비)를 일 1만 원에 맞췄다.

하루 1만 원 예산 생활은 26세 이여름의 퇴사 포트폴리오를 참고했다. 웹툰 〈아무것도 하고 싶지 않아〉의 주인공 여름은 지하철을 타고 출근하던 중에 무거운 짐을 싣고 걷는 낙타를 죽이는 마지막 지푸라기가 떨어졌는지 갑자기 퇴사한다. 꼭 필요한 것만 배낭 하나에 담고 벚꽃 가득 핀 날 바다 마을에 도착하는데, 그곳은 자유로운 청춘이 뿜어 내는 매력과 현실적인 고민이 담긴 이야기가 펼쳐질 무대다.

이여름의 퇴사 포트폴리오

26세, 무직, 싱글 여성

퇴사 자금: 엄마가 보태 준 집 보증금 500만 원, 적금 해지 400만 원, 퇴직금 300만 원. 총 1,200만 원이다. 아무것도 하지 않고 가진 돈을 한 달에 100만 원씩 쓰면 1년인데, 겨우 1년뿐이라서 하루에 1만 원이면 3년을 쓸 수 있다고 계산한다. 3년 동안 아무것도 하지 않는 비용이 하루 1만 원이다.

의: 그동안 지하상가 등지에서 저렴한 의류를 여럿 구매했다. 결국 배낭 하나에 들어갈 정도만 남기고 과감히 정리한다.

식: 처음에는 편의점 또는 국밥집에서 1만 원에 맞춰 외식을 한다. 그러다 장을 봐서 직접 요리를 하며 식비를 아껴 보고자 한다. 바다 마을에서 사귄 친구, 고등학생 김봄의 할머니가 반찬을 나눠 줄 때도 있다.

주: 사연 많은 건물이자 이야기의 주 무대. 한때 당구장이었던 상업 공간에서 월 5만 원을 내고, 건물 관리를 한다는 조건 하에 산다. 처음에는 소파 하나만 있었지만, 그곳에 오래 살게 되면서 여러 세간살이를 중고품으로 들인다.

하는 일: 기본적으로 아무것도 하지 않는다. 안곡 도서관에 책을 읽으러 다니다 안대범 사서를 만난다.

롤 모델: 헨리 데이비드 소로의 책 『월든』.

이 웹툰을 보던 당시, 나 역시 주인공 여름처럼 무기력을 동반한 퇴사 욕구가 치밀던 39살이었다. 여름은 우울증을 앓았고, 반면에 나는 몸의 질병이 가져온 무기력이었다. 병을 치료하자 나의 무기력은 씻은 듯 사라졌고, 여름은 바다 마을에서 만난 이들과의 유대로 마음의 병을 치유한다.

그나저나 당시 일하고 싶지 않았던 나는 가진 돈을 하루 1만 원씩 쓴다는 가정으로 언제까지 살아갈 수 있나 계산해 보기도 했지만, 있는 돈을 까먹는다는 결정 자체가 싫었다. 모은 돈을 야금야금 꺼내 쓰다 무일푼이 된다는 시나리오는 불안을 가져오니 하고 싶지 않았다. 더군다나 나는 앞으로 몸이 다시 아플 확률이 높은 중년 아닌가. 확실히 20대의 저지르고 보는 패기는 없다.

외식이나 습관적 기호 식품 소비가 없는 나에게 하루 1만 원은 결코 적지 않은 금액이다. 내가 마음만 먹으면 절약왕이 될 수 있는 이유는 보편적인 욕구가 강하지 않은 사람이라서다. 커피 없이 살지 못하는 이에게 커피 값을 줄여 저축을, 이런 다짐은 작심삼일이 될 테지만, 하루 1만 원 혹은 자기가 정해 놓은 일일 예산 내에서 원하는 것을 한다면 더 오래 절약 생활을 이어 갈 수 있다.

나는 이렇다 할 욕구가 거의 없는 듯도 보이지만 과일만큼은 꽤 좋아해서, 평일 대부분을 1만 원도 쓰지 않는 무지출 챌린지에 참여하는 사람처럼 살다가도 장을 볼 때 덜컥 비싼 과일을 장바구니에 담는다. 괜찮다, 이러려고 평소에 1만 원도 쓰지 않은 날이 많았다.

나의 구두쇠 지수

돈을 쓸 줄 몰라서 통장에 돈이 쌓였어요. 이런 사람이라면 얼마나 좋을까. 애초에 물욕이 없어서 의식적으로 소비를 통제하는 게 아니고, 그냥 삶 자체가 단순한 타고나길 소박한 성정의 사람이라면 가능한 시나리오다.

그러나 나는 정반대의 사람이다. 언제나 결핍에서 비롯한 허영심 또는 향상심이 나를 이끌었다. 한마디로 10년 단위로 어떤 이상적인 삶의 모습을 설정하고, 실행 방안을 쓰고, 하나하나 행동으로 옮긴다. 20대에는 경험주의자로 쇼핑과 여행에 쥐꼬리 수입을 모조리 썼고, 30대는 그 이전에 살아왔던 모습과 정반대인 미니멀리스트가 되고자 최선을 다했다. 그리고 미니멀라이프를 실천한 지 거의 10년이 되자 그것은 추구하는 이상이 아닌 일상이 되었고, 이후 마음이 느슨해져 현생을 즐기고 싶어졌다.

건강 상의 이유로 컨디션 개선을 위한 여러 소형 가전을 사고, 고상한 취미 생활에 돈을 쓰는 것은 꽤 즐거웠다. 노동을 멈추면 들어올 소득이 없음은 일단 고려하지 않았고, 언제든 나는 돈을 벌고 수입이 생길 거라 믿었다. 그러나 그건 나의 완전한 착각이었음을 마흔 초입, 1년여의 사전 노년 체험과 값비싼 병치레가 알려줬다. 노동없이도 살아갈 수 있는 힘을 길러야 해. 그러나 소득이 극적으로 늘 방법은 요원해 보였고, 나는 소비를 줄이고 다시 최소생활비로 살아가는 습관을 들이고 있다.

새해 생활비 예산을 설계하며, 지금 풀타임 노동을 하고 있음에도 불구하고 지출을 최대한으로 줄여 내가 생각하는 최소욕구생활비 월 120만 원에 맞춰 짜보았다. 물가는 왜 이렇게 올랐담. 어디에서 돈을 아낄 수 있을지 면밀히 살피다 보니 교통비 인상 때문에 예상보다 지출이 늘었다. 그동안 연회비 없는 신용카드인 그린카드를 쓰며 후불 교통카드를 쓰고 있었는데 지하철 정기권으로 바꾸기로 했다. 지하철 역사를 찾아가 현금 2,500원을 주고 정기권을 구매하자 주담대를 갚던 시절로 돌아간 기분이 들었다.

나의 최소욕구생활비는 실제로 1인 가구의 최저생계비(2023년도 기준 1,246,735원)이기도 한데, 지금 당연히 누리고 있는 많은 것을 하지 못하는 돈이다. 건강 관리를 위한 요가원 수련비, 마사지 회원권은 사치였고, 생필품 수준도 낮춰야 한다. 1년에 딱 한 벌 정도 적당한 가격의 옷을 살 만한. 그런데 앞으로의 자유를 사기 위해 돈을 관리하는 지금부터 월 120만 원으로 의식주를 해결하지 못한다면, 과연 최소 안정망이라는 작은 목표를 이루는 날이 온다 해도 그 돈만으로 생활비를 감당할 수 있을까? 지금부터 그렇게 사는 연습을 해야 하고말고. 이대로 구두쇠가 되는구나.

구두쇠 측정 공식인 '과소비 지수=(월평균 수입-월평균 저축)÷월평균 수입'에 내 소비생활을 대입해 봤다. 1 이상이 나오면 재정 파탄, 0.7 과소비, 0.6 적정 소비, 0.5 구두쇠라고 한다. 나는 계산의 편리함을 위해 1년을 기준으로 계산했는데, 5년을 기준으로 보니 2019년부터 3년 동안은 0.2~0.5 정도로 구두쇠였다가, 최근 2년 동안 취미 생활과 병원비 이슈로 1 이상, 재정 파탄에 이르렀다. 괴롭다. 다시 5년 전의 마음가짐으로 돌아가야 무리 없이 자유를 손에 넣는다.

다시 구두쇠가 되기로 한 나는 한 달에 2만 원가량의 교통비를 아껴 줄 지하철 정기권을 충전하기 위해 은행에 가서 오랜만에 현금을 인출했다. 그동안 간편 결제 서비스로 얼마나 쉽게 돈을 썼던가. 심지어 유효기간이 지난 후 재발급을 받지 않아 은행 실물 플라스틱 카드가 없어 ATM 앞에서 모바일 인증번호를 받아 무매체 출금을 했다. 시간도 오래 걸리고 과정도 번거로운 아날로그 삶으로 회귀한 것이다. 역시 현금 생활만큼 확실한 절약은 없다. 디지털 숫자는 돈에 대한 감각을 무디게 하며 신용카드 역시 마찬가지다. 세상의 상식에 맞춰 신용등급 유지를 위해 신용카드를 쓰고 있긴 하지만, 앞으로 빚을 낼 계획이 전혀 없는 나는 이 플라스틱 카드역시 없어져도 상관없다.

십 대 시절, 영화를 보며 딱 2명의 할리우드 남자 배우의 외모에 감탄한 적이 있었다. 영화 〈가을의 전설〉 시절의 브래드 피트와 영화 〈스피드〉에 출연했던 키아누 리브스다. 그러나 그동안 2명의 미남이 보여 준 행보는 정반대다. 특히 키아누 리브스는 일반인과도 사뭇 다른 삶을 살아 주목받았는데, 배우로서 약 4천억 원 정도를 벌어들인 그는 대부분의 재산을 기부하고 마치 홈리스처럼 지내는 모습이 포착되기도 했다. 월드 스타인 그는 주로 지하철을 이용하고 오래된 운동화를 신는다. 은행 계좌를 채우는 데 연연하기보다 여행 가방에 담길 정도의 짐만으로 간소하게 살아간다. 그가 실제로 의식주를 걱정하진 않겠지만, 돈에 구애 받지 않는 진정한 자유인의 모습이랄까.

일단 그의 경지까지 올라가려면 4천억 원가량의 재산과 화려한 할리우드 생활이 전제되어야 한다. 열반에 올라 부처가 된 싯다르타 역시 왕자 출신임을 떠올려 봤을 때, 삶의 진리를 깨달으려면 '이렇게 사는 것은 의미가 없다'는 부조리한 환경이 필요해 보인다.

유명한 특정 배우와 인류 역사에 남은 성인의 발자취를 보면 물질에 대한 욕구 자체가 없다. 나는 의식주를 걱정하며 오래 살아와서 그런지 결핍에 따른 불안을 잠재우기 위한 돈이 필요하다. 버리고 싶은, 아니 화려한 생활 자체가 없으니 물질에서 완전히 벗어나기란 어렵다. 이토록 평범한 욕구를 지닌, 자유를 갈망하는 구두쇠임을 인정하고 나니 목표가 더 절실하게 다가온다.

5만 원짜리 프라다의 진실

유명한 디자이너의 어마무시한 가격표의 신상 옷을 사 입을 돈은 없었지만 "피비 필로의 클로에 S/S 컬렉션 봤 어?"라는 말을 학교 친구들과 주고받던 스무 살 시절. 옷이 상업과 예술의 경계에 있는 일상 예술이라 믿었다. 나는 옷에 있어서만큼은 최선을 다해 소비해 봤다. 내 가 가진 능력치 이상을 소비했는데, 대충 말하자면 명품 옷을 밝혔다.

예술 작품 같은 옷이 입고 싶었지만, 청담동 럭셔리 부 티크의 문을 열고 들어가지 못했던 주머니 사정의 내 가 선택한 방법은 명품 중고숍을 뒤져 괜찮은 상태의 디 자이너 브랜드의 옷을 찾아내는 것. 여러 보물 중에서 도 핑크색 바탕에 바나나 모양의 프린트가 한가운데 있 는 프라다 상의 같은 것을 고작 5만 원에 손에 쥐는 기 쁨이 특히 좋았다. 사이즈가 조금 작은 것도 같고, 두어

번 입고 말 것임에 분명한, 굉장히 튀는 디자인이었음에
도 당장에는 헐값 같았다. 프라다니까.

지금 생각해 보면 자칫 버려질지도 모를 물건을 재사용
하는 제로 웨이스트 실천이라 칭송 받을 법한 일이지만
그때는 그런 사회적 분위기가 아니었고, 단지 허영심 많
은 저소득자의 쇼핑법이었다. 중고 명품 옷을 입는 내가
부끄러웠기에 어디에서 샀는지는 절대 비밀이었다.

패션을 전공했다 보니 브랜드 옷을 직접 체험해 보는 쪽
이 좋은 공부라고 생각했다. 책으로는 절대 배울 수 없
는 경험 지식, 분야를 막론하고 배우고 싶은 이에게는
체험만큼 크게 남는 공부는 없으니까. 더욱이 나는 패
션 업계에서 승승장구하고 싶었으니 좋은 옷을 많이 접
해서 안목을 길러야 한다고 믿었다. 정작 신입 디자이너
채용은 피팅을 겸하는 경우가 많아 적정한 키와 표준
신체 사이즈를 갖췄는지가 중요했고, 증빙 불가한 무형
의 경험 자산은 당장 중요치 않았다.

커리어 측면에서 평가하면 나의 소비는 헛짓이었다. 그
러나 무슨 일이든 나쁜 점만 있진 않기에, 유행을 타지

않고 오래 입을 좋은 옷을 알아보는 눈은 분명 생겼다. 그때의 내 쇼핑법과 정확히 반대로 움직이면 된다. 과소비로 기본 아이템을 사는 법을 배우다니… 갑자기 눈가가 왜 촉촉한 걸까. 아무튼 그랬다.

구두쇠일지언정 누구나 아낌없이 돈을 쓰는 영역이 하나쯤은 있는데, 나에겐 '꾸밈'이다. 패션에 집착했고, 인테리어도 일정 부분 그랬다. 가구는 '어나더 레벨'의 사치인지라 적정한 면적의 부동산이 필요하기에 한계를 모르는 소비는 없었다. 이런 꾸밈 비용은 사치재에 가깝고, 자유를 사는 날을 늦추는 소비밖엔 되지 않는다. 그러나 나 역시 최소욕구생활비 시스템을 마련한 후 여윳돈이 생기면, 예쁜 걸 좋아하기에 다시 꾸밈에 일정 부분 마음을 주며 살 거 같다. 하지만 지금 세운 작은 목표로 인해 꾸밈에 대한 관심은 컴퓨터에 모으는 사진이나 자료 수집으로 대체한다. 사치재란 원래 자고 일어나면 유행이 바뀌고 더 좋은 것이 나오기에, 미래로 미룬다 해도 전혀 문제 되지 않는다.

우리가 필요 이상의 물건을 사는 것은 다분히 감정적인 이유다. 내 얼굴이 마음에 안 들고, 뭘 입어도 이상해 보일 때는 옷을 사면 안 된다. 대신 자신의 생활 습관을 돌아보고, 1만보 걷기 등 운동량을 늘리고, 잠을 충분히 잔다. 컨디션 문제이지 옷의 문제가 아니다. 되는 일이 없고, 짜증 나는 상황이 이어져 기분 전환하고 싶을 때도 옷을 사면 안 된다. 새 옷은 많아야 두 번 정도 설렌다. 대부분 1회성 기분전환이다. 갚아야 할 청구서에 비하면 너무 짧은 기쁨이다. 이때에는 현실에서 벗어나 책을 읽고 영화를 본다. 여행도 좋지만 돈을 아끼는 예비 자유인이라면 옆동네로 산책을 간다.

진짜 옷이 필요한 순간은 옷이 낡고 해져서 누가 봐도 "버려!"라고 말할 때다. 심지어 그 옷은 헌옷수거함에 넣을 수 없을 정도일 때다. 그 정도는 폐기물이니까. 조금 더 독하게 굴자면 헌옷수거함에도 넣지 못하게 낡은 옷이 생겼을 때, 수선할 수 있는지 재확인하는 작업도 필요하다. 오래 입어야 더 근사한 옷이 분명 있다.

나는 의류 브랜드 파타고니아의 정신에 감동했는데, 그들은 그들의 옷을 사지 말라고 광고한다. 오래 입으라고 하고 수선하라고 한다. 환경을 생각하기 때문이다. 파타고니아의 옷을 사라는 게 아니라 그들의 오래 입기 정신을 참고하면 좋겠다.

더 구체적으로 예비 자유인이 살 만한 옷은 몸의 변화
에 무관한 고무줄 밴드의 하의, 매년 브랜드에서 꾸준
히 출시하는 셔츠, 피케 셔츠, 스웨터 같은 기본 아이템.
BWGN(블랙, 화이트, 그레이, 네이비) 컬러다. 개인적으로
컬러는 그레이가 최고다. 스님이나 수녀님의 옷이 회색
인 이유는 블랙은 색이 바래면 희끗희끗해 보이고, 먼지
가 잘 묻는다. 흰색은 때가 타고 얼룩이 생긴다. 그러나
회색지대라는 말이 있듯이, 회색은 이 같은 결점이 잘
보이지 않는 애매하게 깔끔한 색이다.

소재는 옷의 품질을 가르는 핵심이긴 하지만, 주로 면이
나 폴리에스테르(겉옷이나 운동복에 한함)를 선택하면 드
라이클리닝 제품이 드물기에 세탁비도 많이 나가지 않
는다. 옷은 자주 세탁하면 금방 낡으니 깔끔은 적당히
떨기로 한다.

멋진 옷은 한때 내게 최우선의 욕구였지만 지금은 최하
위다. 한 사람이 가진 가치관은 소비 메커니즘의 핵심.
이를 바꾸지 않으면 감정적 과소비는 멈출 수 없다. 지금

의 나는 오히려 가진 옷을 최대한 입을 때 스스로가 자랑스럽다. 사용한 지 20년 된 머플러, 10년 된 스트라이프 면 티셔츠, 8년 된 실크 스카프를 사랑한다.

사실 이 모두는 사치 왕 시절에 산 값비싼 브랜드의 고품질 제품이긴 하다. 편안한 가격대의 옷도 오래 입은 것이 여러 장 있긴 하지만, 이 모두는 다소 낡아 보이나 오랫동안 일상을 함께해 온 만큼 내 몸에 꼭 맞춘 듯한 편안함이 매력이고, 이는 돈을 주고 살 수 없다.

나름 윤택한 채비생활

발리 우붓에서 산 얇은 면 티셔츠는 가볍고 시원해 서울의 한여름에 수시로 꺼내 입곤 했다. 그때마다 코디는 늘 비슷하다. 빨리 마르는 검은색 팬츠를 하의로, 긴팔 체크 무늬 셔츠를 허리에 묶는다. 혹시라도 냉방이 강한 곳에 들어가면 얇은 티셔츠 위로 이 셔츠를 대충 덧입거나 어깨에 걸치려고. 그러나 여름은 가만히 있어도 땀이 흐를 만큼 무더웠고 실내의 차가운 냉방이 반가울 지경이었으니, 오들오들 떨며 셔츠 소매에 팔을 넣은 적은 손에 꼽을 정도다. 그럼에도 늘 긴팔 셔츠를 챙겼다.

가을에는 여분의 니트를 어깨에 걸친다. 옛 청춘 드라마 속 대학생의 패션처럼. 카디건을 어깨에 얹거나 소매를 묶거나 하는 경우는 환절기 기온 차에 대비해 감기에 걸리지 않도록 추우면 바로 입어 줄 테다, 그런 마음도 있긴 하지만, 등이 따스울 뿐 덧입을 때는 거의 없다.

사실 실용성보다는 그냥 그런 차림 자체가 나를 안심하게 한다. 니트를 어깨에 걸쳐 입지도 벗지도 않은 상태는 봄, 가을, 겨울, 애매하게 춥거나 매섭게 춥거나 하는 날들에 빠지지 않는다.

나는 본격적인 미니멀라이프 이전에 혹시 몰라 반짇고리, 비상약으로 상처 연고나 소독용 알콜스왑 같은 것을 챙기고 다닐 만큼 낮은 확률에 벌벌 떨었다. 출근 첫날 히프 쪽에 있는 솔기가 터진 적이 있었다. 수치사할 것 같았고, 이후로 반짇고리를 한동안 담고 다녔다. 원만한 첫인상을 위해 하루 종일 책상에 붙어 앉아 업무를 파악하고 있어도 모자란 날에, 여러 편의점을 돌아다니다 겨우 구한 실과 바늘로 숨어서 바느질을 하고 있었던 날은 시트콤적 순간이 아닌 위기였기에. 유능한 신입이라는 가면을 써보기도 전에 망했다는 생각밖엔 안 들었다. 그 회사에서는 5년 가까이 일하긴 했지만, 어쨌든 그 당시 내 모습이 꽤 처량해 한동안 가방에 실과 바늘이 필수품이 되었다.

출근길 지하철역 앞에서 우산을 접다가 우산살에 손이 베어 피가 흐른 작은 사고를 당한 날은, 손수건으로 지

혈하며 지하철에서 내려 약국을 찾을 때까지 1시간 가까이 상처를 신경 써야 했다. 그날 이후로 가방에 또 소소한 구급약을 챙겼다. 또 손이 베이면 어떡해. 그래서 가끔 의아한 물건을 소지품으로 챙겨 가지고 다니는 사람을 보면, 저 사람은 어떤 사연이 있었길래 저걸 챙기고 다닐까 궁금할 뿐 이상하다고 여기지 않는다. 불안한 마음을 달래 주는 일종의 부적 같은 물건은, 시간이 흘러 아무 일도 일어나지 않음을 알 때까지 심리적 보호자 역할을 한다.

지난날의 반짇고리, 구급약이 일시적 안심 준비물이라면, 일상 전반에 걸쳐 불안과 결핍을 벗어나는 방법은 채비다. 용도에 맞는 생필품을 각각 하나씩 구비하고, 도저히 사용하지 못할 정도로 망가지거나 낡으면 교체하자는 규칙을 갖는 것. 늘 꼼꼼하게 날씨와 상황을 시뮬레이션하면서 옷차림을 챙기는 것이 대표적인 나의 채비 생활인데, 오늘 스케줄이 실외, 실내에서 어떻게 흘러갈지 머릿속에서 그려 보고 외출복을 고른다. 걸치기만 하는 셔츠와 니트가 내가 즐기는 스타일이 된 이유이기도 하고.

겨울에는 영하 10도 내외일 때 입는 패딩과 영하 5도 안 팎일 때 입는 패딩을 준비해서 날씨에 따라 교대해서 입고, 신발 역시 눈이 올 때는 스노부츠, 비 올 때 신는 레인부츠를 하나씩 갖추고 있는 것처럼, 부족함도 없고 낭비도 없는 숫자의 물건만 갖고 있다. 기준 역시 분명 해서 수시로 갈아입거나 교체해야 하는 속옷이나 양말, 베개 커버 같은 용품은 7일 기준, 교체 빈도에 따라 정 해진 숫자만큼만.

내가 미니멀라이프를 거치며 가장 확실하게 배운 것은 부족하지도 과하지도 않게 물건을 꾸리는 법이다. 여행 가방 하나에 담을 만큼으로 아주 간소하게 물건을 꾸리 고 살지는 못하지만, 어떤 불편함을 애써 참지 않아도 되는 수준은 안다.

타고난 기질과 자라 온 환경은 한 사람의 성향을 결정 짓는다. 바쁜 가족들 틈에서 늦둥이 막내로 자란 나는 자기 일을 스스로 처리하다 보니 학교를 다닐 때도 필요 한 준비물은 수첩에 잘 적어서 직접 챙겼고, 누가 나서 서 내 일을 대신해 주지 않으니 언제나 스스로 방법을 찾았다. 나의 불안감은 아무도 나를 챙겨 주지 않는다

에서 기인했지만 그로 인해 나의 문제 해결 능력을 믿
게 되었고, 그런 경험들이 켜켜이 쌓여 자연스럽게 자립
심이 자랐음을 다시금 깨닫는다.

월급도 전기도 없이

친환경은 최고의 절약법이다. 모두 에어컨을 켜는 여름은 실내는 시원하나 뜨거운 열을 뿜어내는 실외기 탓에 거리는 무자비하게 덥다. 도시 곳곳은 녹지가 부족하여 온습도 조절에 취약하기도 하고. 전기 요금 청구서에 우리 집이 남의 집에 비해 에너지를 얼마만큼 쓰는지 보여 주는 비교 그래프를 들여다보면 나는 아직도 '절약 이웃'보다 전기를 적게 쓴다.

그런데 여름에는 그렇지 않다. 작은 벽걸이 에어컨이 생긴 이후로 2022년 여름에는 평달보다 두 배 가까운 115, 160kwh를 사용해 각각 14,000원, 2만 원을 냈다. 전기요금이 많이 오른 2023년 6월에는 66kwh 사용으로 11,000원의 청구서를 받았으니, 한여름에는 당연히 작년 여름보다 2배 가까이 많은 전기료를 납부했다. 청구서를 확인하는 내 눈동자와 핸드폰을 쥔 손이 떨린다.

에어컨 없이 여름을 보냈을 때의 나는 서울시에서 손꼽히는(?) 전기 절약 가구로, 서울시 에코마일리지 누적 28만 점에 빛났었다.

그러나 에너지 절약자로서의 호시절은 가고, 지금은 계절과 날씨를 잊게 하는 쾌적한 가전 생활을 한다. 전기료 무서운 줄 모르고 펑펑 쓰진 않지만, 에어컨을 시작으로 공기청정기, 제습기, 가습기, 심지어 욕실을 데우려고 남에게 얻어 온 미니 온풍기(이런 난방기구는 전기 먹는 하마라서 영하 20도인 날, 샤워하기 전 5분 이내로만 사용한다)까지 생겼다.

도대체 이게 무슨 일이람. 모든 것은 나의 건강 이슈, 컨디션 개선에서 시작되었다. 언제나 그렇듯이 이유 없는 소비는 없다. 엄격한 미니멀리스트 시절의 내가 냉장고와 세탁기 그리고 컴퓨터까지만 필수 가전으로 여기고 빗자루로 청소를 하는 등, 어떻게 하면 가전제품을 들이지 않고 살지를 고민할 때도 있었다는 게 지금으로서는 믿기지 않는다.

작가 이나가키 에미코는 책 『그리고 생활은 계속된다』에서 우리가 필수 가전이라 말하는 냉장고, 세탁기를 비롯해 건강과도 직결되어 보이는 냉난방 기구 없이 살아가는 모습을 보여 준다. 그녀는 동일본 대지진 당시 원자력 발전소 사고가 계기가 되어 전기 없는 생활을 조금씩 만들었다. 가전제품을 하나씩 없애 나갔고, 절전했다.

그렇게 종국에는 회사까지 버리고 출퇴근 시간에 발목 잡히지 않고, 스스로 '전기도 월급도 없는 청빈한 생활'이라고 칭하는 일상을 이어간다. 전기요금이 한 달에 150엔이라고 하는데… 잠깐, 1,500원가량 되는 건가! 나도 한때 전기요금이 정말 조그맣던 시기에 1,500원 정도 내본 적이 있다. 그때는 5월이라서 냉난방에서 자유로운데다 일하느라 집에 머무는 시간이 많지 않았다. 한마디로 에미코 작가는 전기를 아낀 게 아니라 불만 켜는 데 쓴 정도다.

책을 읽으며 나도 전기 없는 생활을 따라해 볼 수 있을까 궁리해 봤는데, 작가가 가스도 끊었다…라고 쓴 부분에 이르러서는, 이것은 내가 결코 도달하지 못할 에너지 절약 신의 경지임을 인정했다. 일단 나는 그녀처럼 충분한 시간이 없다. 가전제품의 도움을 받지 않는다는 결정은 뭐든지 내 손으로 함을 의미하는데, 출퇴근 생활자가 어떻게 퇴사 생활자를 이길 수 있겠는가. 최소 에너지 생활을 하려면 일단 집안일을 모두 '수제'로 할 시간이 필요하다. 게다가 나 역시 한때 에어컨 없이 선풍기만으로 한여름을 지내 왔던 것처럼 더위는 어떻게든 참겠는데, 체질상 추위에 취약하다. 보일러를 최소한으로 가동한다 하더라도 영하 20도에 가까운 맹추위에는 온수 매트 안에서 이불을 두 겹으로 덮고 동굴 생활이 필수다.

그런데 웬걸, 6년 동안 에어컨과 난방 기구를 사용하지 않았다는 이나가키 에미코 작가는 더위와 추위를 고통스럽게 여기지도 몸이 아프지도 않았으며, 오히려 더위와 추위를 좋아하게 되었다고 한다. 너무 더운 날에는 카페에 가서 더위를 피하고, 겨울에는 탕파를 사용하는 게 팁이다. 이외에 전기 없는 생활로 냉장고가 없어도 남은 채소는 말려서 식사에 사용한다는 세부적인 팁도 있는데, 이 모든 전기 없는 생활이 업무로 시간의 대부분을 쓰는 나에게는 아직 어렵다. 그 대신 나는 여름에 전기를 아끼기 위해 몇 가지 간단한 시도를 해봤다.

- 외출 전에 창을 닫고 커튼도 닫아 햇볕을 차단해서 동굴 같은 효과 만들기. 환기는 하지만, 오래 창을 열어 두는 것은 해가 지고 난 후다.

- 찬물도 미지근하니 자기 전 찬물 샤워 짧게.

- 에너지 소비 효율 5등급인 에어컨 대신 1등급인 제습기를 돌려 습도 낮추기. 나는 이를 일종의 이이제이라 칭한다. 더위로 더위를 잡겠다는 결심. 습도만 낮아져도 쾌적하다.

- 선풍기, 부채를 애용한다. 에어컨은 자린고비의 굴비 같은 것. 열대야, 또는 폭염 재난 상황에서만 켠다.

- 애매하게 더울 때는 양쪽 겨드랑이에 천에 감은 아이스팩을 끼고 체온을 낮춘다(병원에 입원했을 때 열이 안 떨어지던 나에게 담당 간호사 분이 알려 준 방법).

- 요리는 불을 최대한 덜 쓰는 방법 궁리하기(예를 들어 파스타 면을 물에 2시간 정도 미리 불려 조리 시간 단축).

- 주말에는 도시락을 챙겨 도서관으로 가서 공부하기. 에어컨을 많은 이들과 함께 누리며 공용공간에서 공부하는 시간이다. 납부한 세금의 혜택을 공공(에어컨) 서비스로 돌려받자.

- 에너지캐시백(2023년 신설 제도), 서울시 에코마일리지 같은 에너지 절약 성과급을 주는 캠페인에 동참하기.

흐음, 그렇게 여름의 불편을 즐기던 나는 불볕더위에 열대야까지 찾아오자 참지 못하고 슬금슬금 에어컨을 켰다. 언젠가는 최소 에너지 생활까지 꾸릴 수 있을지도 모르겠지만, 지금의 나에게는 머나먼 이야기다.

예산 생활의 위기

친오빠는 태양광 전원주택에 살며, 퇴근 후 소소하게 손바닥만한 텃밭을 가꾼다. 상추나 오이, 토마토 같은 것을 마트 채소 코너처럼 조금씩 심어 두었는데, 오빠가 열심히 노동하는 모습을 앉아서 지켜본 적이 있다. 동시에, 고라니가 출몰해서 텃밭 채소를 다 뜯어먹는다고 분노하는 새언니를 쳐다보기도 했다.

그들 사이에서 나는 아직 열매도 맺지 않은 모종을 바라보며, 나중에 몰래 버스를 타고 이곳으로 와 여러 채소를 갈취하는 모습을 상상했다. '고라니 다녀감'이란 쪽지를 왼손으로 써놓고선 채소를 들고 떠난다는 계획이었다. 탐스러운 시골의 삶에 탐욕의 손길을 뻗으려 했지만, 오빠네 부부가 나에게 채소를 나눠 줄 용의가 있음을 알고 나의 채소 도적질은 상상으로만 그쳤다.

월 30만 원(어느새 식비만에서 한 달 용돈의 기준이 되어 버린) 예산의 압박감이 엄청났는지 갑자기 자린고비가 된 내가 경악스러웠다. 아직 오지 않은 미래를 위해 이렇게 허리띠를 졸라맬 필요가 있을까? 고라니처럼 채소나 훔쳐 먹을 상상까지 하다니 부끄럽다. 지금 열심히 돈을 벌고 있고, 결코 낭비하지 않는데도 언제나 위기 속에 사는 기분이다. '왜 이렇게 사는 거야. 돈을 지금보다 더 써도 문제없잖아?' 하는 마음이 스민다. 절약 생활이 흔들리는 경우는 이런 마음의 속삭임이 들릴 때다. 예산을 정해 두는 것은 확실히 과소비를 막지만, 과도한 자기 검열로 내가 쩨쩨하고 이상한 사람이란 생각이 들 때, 오히려 예산이 위기가 된다.

알코올 중독자는 술을 매일 마시는 사람이 아니라, 한 번 술을 입에 대면 멈출 줄 모르고 마시는 사람이라고 했던 미국 드라마 〈웨스트 윙〉 속 대통령 수석 보좌관인 리오 맥게리는 말했다. "난 알코올 중독자입니다. 한 잔만 마실 수는 없어요. 어떻게 한 잔만 마실 수 있죠? (중략) 어떻게 술을 너무 마셨다고 할 수 있나요?"라고 언급했는데, 내 소비도 이와 같았다. 잘 억제하다가도 한 번 물꼬가 터지면서 갑자기 목돈을 써버린다.

티끌 같은 돈은 잘 아끼면서 한 번 쓸 때 과감하고 크게 쓴다. 저렴한 티셔츠를 짧게 입고 버리느니, 적당히 비싸고 좋은 티셔츠를 사서 수십 년을 아껴 입겠다는 쪽이다. 이 정도로만 그치면 다행인데, 소비의 리듬을 타기 시작하면 연이어서 물건을 사기도 했다. 그건 내가 미니멀리스트가 되기로 결심한 이후에도 가끔 찾아오는 열병 같았다. 나는 여전히 회복 중인 소비 중독자인지도 모르나, 더 깊이 분석해 보면 나의 물욕을 지배하는 욕구는 더 나은 삶에 대한 갈망이다.

몸이 아플 때는 여차하면 이 세상에 버리고 가야 하는 모든 것들이 짐으로 느껴졌고 삶을 부자유하게 만드는 가장 큰 원인 같았기에 돈을 쓰는 자체에 흥미가 없었다. 나는 그 시기에 성공적으로 미니멀리스트가 될 수 있었다. 필요한 것만 남기고 생활을 가볍게 만들었고, 나의 감정적 과소비 습관 -현실의 나는 미국 명문대 출신도 아닌데 프레피룩을 입으면 엘리트처럼 느껴져서 좋았던 그런 허영심-을 버리게 되었다.

돈으로 가상의 내 모습을 사는 것은 메타버스 세계에서 명품 옷을 입은 아바타와 같아, 진짜 현실에서는 어떤 가치도 없음을 머리가 아닌 마음으로 수긍했기에 쇼 핑 중독을 멈출 수 있었다. 그 후 예산에 맞춰 돈을 쓰 는 법을 배웠다.

그러나 몸이 건강해지면서 조금씩 삶의 의욕이 샘솟았 고 새로운 분야를 경험하고 싶다는 열망이 일었다. 삶을 풍요롭게 만들어 줄 멋진 취미 생활을 갖고 싶다는 욕 심도 생겼고. 더 멋진 일상을 바라고 더 나아진 나를 꿈 꾸는 희망의 다른 말이 소비이기도 했다. 21세기의 삶은 소비로 이루어져 있다. 집에서 가만히 숨만 쉬어도 나가 는 돈이 있고, 조금이나마 욕망하는 모든 일에는 돈이 필요하다. 소비는 공기고, 오늘날에는 즐거움의 다른 말 이다.

간소하게 살던 내 집에 조금씩 물건이 늘어 갔다. 주택 대출금을 갚던 시절. 커피테이블에서 밥을 먹으면서 나 는 식탁이 가지고 싶었다. 빚이 사라지면 식탁을 사겠노 라 다짐했고 그건 어떤 보상 같은 소비였다. 식탁을 시 작으로 조명을 바꾸고… 어느 날 집을 둘러보니 여기에 서 물건을 더 늘리면 안 될 거 같았다.

카드 한도까지 꾹꾹 눌러썼던 과소비 시절, 빚에 짓눌려서 최대한 절약했던 시간들 그리고 다시 소비. 이 같은 사이클을 거쳐 내게 적정한 삶의 질을 찾은 이후 다시 시작하는 절약은 크게 어렵지 않았지만, 때로 일일 1만 원이라 정해 놓은 예산이 숨 막히게 했다. 거기에 익숙해진 후에 예산에 집착하지만 않는다면 내가 절약하는 중이라는 의식조차 하지 않을 텐데. 아직 멀었다. 결국 숨 쉬듯 자연스럽게 단출한 삶을 살아가려면, 궁극적으로 예산을 정해 놓되 잊고 살아야 하는 경지에 올라야 한다.

사람은 고여 있지 않다. 어제와 오늘의 내가 미세하게나마 다르기도 하다. 생각만큼 빨리 변하는 것도 없다. 뚝심을 갖고 살기보다 이리저리 유혹에 흔들리는 게 당연하며, 이 세상의 변화에 맞춰 나도 덩달아 따라간다. 심지 굳은 사람도 상황이 변하면 그에 맞게 유연하게 맞춰야 한다. 변하지 않는 것이야말로 정말 위험한 일이니까. 목표는 상황, 나이에 따라 변하므로 나는 지나치게 엄격한 마음과 계획적인 성향을 조금은 내려놓을 필요가 있음을 알았다.

몇 년 후 이 길이 아닌가 싶을 때가 찾아올지도 모른다. '삶을 좀 더 즐길걸. 그깟 돈이나 시간이 무슨 대수라고, 나에게 남은 시간이 얼마나 되는지도 모르면서…'라고 후회할지도 모른다. 그러나 적어도 지금 내가 진심으로 원하는 것은 자유를 사는 자체이고 달리 원하는 것은 없다. 20대의 나는 가난해서 오히려 소비에서 위로를 찾았는데, 그때의 나를 돌이켜보면 자산 모으기 측면에서는 가끔 후회하나 내가 겪었던 모든 것을 인생의 대실수라 여기지 않는다. 지금 내가 쉽게 절약할 수 있는 이유는 한때 충분히 소비를 해봐서 별다른 미련이 없기 때문이다.

짧은 반바지는 탄력 있는 몸을 가진 젊을 때 입어야 더 빛나는 옷이다. 기름지고 맛있는 음식을 충분히 음미하면서 소화도 잘 되는 나이가 있다. 평범한 숙소에서 묵으며 오래 걸어 다녀도 무탈했던 여행도 그때 그 나이였기에 가능했다. 통장 속 돈보다 중요한 것이 많았던 때가 있었다. 그런 나날들이 지나고 나서야 나는 시간을 탐낸다.

소비로 쌓는 자산

나의 일상은 낭비나 사치 없이 이어지고 있었고, 내 관심사는 돈을 불려 나가는 방법을 찾고 실행하는 것이 크게 차지하고 있었다. 상대방이 꺼내는 말을 들어 보면 그 사람의 요즘 고민과 방향성이 보이게 마련인데, 나의 경우는 절약과 자유에 대해 자주 말했다. 그러나 주변 사람들은 오히려 의아한 표정과 함께 "왜 그렇게 살아?"라는 질문을 곧잘 했다. "자식도 없으면서 죽을 때 무덤에 가져갈 것도 아닌데 좀 즐기며 살아"와 같은 쾌락주의적 관점을 설파했다. 쇼핑과 여행, 문화 소비 없이 어떻게 삶이 즐거울 수 있겠냐는 것이 요지다. 수도자 같은 삶은 정말 지루하고 답답하며 아무 즐거움도 없는 건가.

내가 일상적으로 교류하는 사람들은 기획자나 기자, 홍보 담당자나 마케터, 출판인, 디자이너, 포토그래퍼, 갤

러리스트 같은 미디어나 소비재 기업, 문화 산업 종사자가 대다수다. 이 세계는 트렌드를 창조하거나 이끄는 역할을 해서인지 취향적 소비가 중요한 투자라고 생각한다. 또 예민한 시각을 가져서 보이기 위한 소비를 많이 하는데, 남에게 보이는 모습을 신경 쓰기보다 자기 만족 추구에 가깝다. 고급 문화에 대한 경험이 이 직업 세계를 만드는 일종의 재료다. 창의적인 작업물을 내보이기 위해 특별한 타인의 세계를 먼저 흡수해야 하는 숙명 같은.

소비로 생겨난 경험 자산은 우리가 업을 유지하는 방식이기에 나 또한 그 생각에 동의한다. 이런 사람들 틈에서 나는 비밀리에 절약 생활을 시작했다. 떠들어 봤자 현실에서 교류하는 이들은 아무도 관심이 없는 주제였으므로 외로웠는데, 나 홀로 투쟁에서 힘을 얻고자 인터넷 친구들을 찾았다. 내향인은 인터넷 세계에서도 확실한 내향인이라서 누구인지 모를 타인에게 먼저 말을 걸진 않았다. 단지 그들의 생각을 염탐하기만 했다.

절약파와 소비파가 싸우는 인터넷 게시글의 핵심은 어릴 때부터 절약해 돈을 모으고 자산을 사면 시간이 흐를수록 자산의 가치는 오르기에 작은 돈이 큰돈이 된다는 주장이다. 반면에 어릴 때만 할 수 있는 소비가 있고, 그때 소비로 얻는 경험 자산이 평생의 밑천이 된다는 반론을 주거니 받거니 했다. 둘 다 맞는 말이라서 고개를 연신 *끄덕*이다 보니 모가지가 아플 지경이다.

그러나 이 세상에 극단적으로 사는 사람이 얼마나 될까. 앞선 내 주변 문화 산업 종사자들 중에서도 재테크를 잘하기도 하고, 그렇게 소비로 키운 안목을 바탕으로 큰돈을 벌어들이는 사람들이 제법 많다. 나름의 균형을 찾아가며 살지 절대적인 절약 또는 낭비의 일상을 보내는 이는 흔치 않다. 내가 공허하고 매일이 불행했던 시절에 얼마나 쇼핑 도파민에 의존했는지를 떠올려 보니, 소비 역시 낭비가 있고 재산이 있는 것은 확실하다. 택도 떼지 않은 새 옷을 입지 않고 쌓아 두거나 한두 번 쓰고 방치해 둔 화장품처럼 맥락 없는 마구잡이 소비는 돈 낭비에 가깝다.

그러나 소비가 취향이 되는 과정이 있다. 구두를 사 모으던 시절의 나는 방콕 여행에서 산 두 달 만에 끈이 떨어져 버린 7천 원짜리 샌들부터 200만 원에 가까운 디자이너의 킬힐(세일 정보를 입수해 싸게 샀고, 그 후 중고 거래로 나쁘지 않은 값에 되팔았다)까지. 수입 대부분을 쇼핑에 쓰는 와중에도 하이힐이라는 맥락은 있었다. 그 과정에서 나는 여러 종류의 신발을 경험해 볼 수 있었는데, 디자이너, 편집숍 주인 같은 비즈니스의 경로로 가지 못했고, 내가 알게 된 바를 글로 나누고 싶었기에 칼럼니스트가 되었다. 그 과정에서 웃고 울고 성취감을 맛보고 때로 공허했으며, 패션 잡지에 취향의 플랫 슈즈에 대한 코멘트를 쓰고 방송에 출연하는 등 곧잘 미디어에 소개되었지만 특별한 성공으로 연결되지 못했던 경험도 있다.

나는 한 분야에 집중한 소비가 자신의 정체성을 만드는 하나의 방법임을 이미 겪어 보았다. 취향은 구체적일수록 좋고, 이를 이해하기 위한 지식을 쌓아야 하니 학구적일 필요가 있으며, 자신이 가진 재능과 연결시키면 누구도 빼앗지 못하는 자신만의 고유한 자산을 갖게 된다. 그 누구도 한 사람이 살아오며 겪은 경험을 돈으로 살 수 없기에.

이제 인생 후반부의 출발점에 서 있는 나. 스무 살 무렵의 물건을 매개로 나의 취향을 찾았던 시절, 이를 버리고 미니멀라이프란 필터를 거치고 나서야 필요보다 더 많은 물건을 가지고 싶다는 큰 욕구 없이 예전보다 무난하게 절약 생활을 한다. 내 절약에 대한 타인의 순수한 의문, "왜 그렇게 살아?"라는 질문에 대한 답을 준비했다. "소지품이 간소하고, 늘 단정한 사람이면 좋겠어. 물건에 대한 낭비는 없되 타인에게 인색하진 않고 싶어. 그런데 이보다 더 원하는 바가 있다면 집중하는 삶이야. 나를 갉아먹는 불안을 줄여 나간 다음에 남는 단 하나에 온전히 몰입하길 원해. 거기까지 다가가기 위해 절약하는 거지."

그러니 나는 절약해야 한다, 소비를 해야 한다가 팽팽하게 맞서는 줄다리기에 참여하지 않는다. 둘 다 해본 바모두 배우고 얻는 부분이 있고, 어떤 삶을 살든 남에게 폐를 끼치지 않는 선에서 자기 만족을 추구하면 된다는 쪽이다.

Chapter
3

반짝이는 희망이 입금 되었습니다

머니 토크

엄마와 나는 외모나 체질, 그리고 성격도 비슷한 면이 있다. 직설적인 듯하면서도 상대방을 살피는지라 자신의 의견을 강하게 말할 때도 있지만, 어려운 이야기는 대부분 돌려서 말한다. 이때 사용하는 대화의 기술은 '남의 이야기를 빗대어 네 상황에 대입시켜 보라'가 일반적인데, 엄마도 꺼내기 불편한 주제는 그렇게 말하곤 한다. 1940년대에 태어난 분답게 여전히 "네가 혼자 있어서 걱정이다. 어디 결혼할 만큼 좋은 사람 있는지 눈 크게 뜨고 찾아봐라"라는 말씀은 거침이 없으시나, 그보다 돈 이야기가 더 참견하기 어려운 주제라고 생각하시는 듯하다.

어느 날 엄마와 전화를 하다가 "서울에 사는 모모 씨 딸이 자기 아빠한테 괜찮은 땅을 추천했는데, 그때 그 땅을 대출 내고 어쩌고 해서 10억에 샀는데, 지금 40억이 되어서 큰돈을 벌었다고 해. 돈은 은행에 맡겨 봐야 아무 가치 없어. 뭐라도 사둬야지"라고, 은근히 너는 지금 돈을 어떻게 굴리고 있는지 떠올려보고 어떤 깨우침을 주려고 하셨지만, 나는 한귀로 듣고 한귀로 흘렸다. 엄마는 유독 땅에 큰 가치를 둔다. 부모님 세대는 우리나라가 엄청난 기세로 성장하던 시대에 청춘을 보냈다. 부동산 불패 신화의 최대 수혜를 입은 데다 물려줄 자손이 있기에 땅에 대한 집착이 크다면, 나는 아니다.

이제 평균적인 기대수명의 반절 정도 남은 혼자 사는 내게 먼 훗날 부자가 될지도 모르는, 시간이 매우 오래 걸리는 자산은 필요치 않다. 지금 당장 생활비로 사용할 현금, 갑자기 돈을 써야 할 때 바로 꺼내 쓸 비상금과 내가 그리는 삶의 다음 단계인 자유롭게 사는 것—일하지 않아도 일정한 생활비가 매월 입금되고, 집에서 온종일 책을 읽다가도 갑자기 여행을 떠나고 싶거나 돈이 드는 공부를 하고 싶으면 재빠르게 현금화가 가능한, 거래 과정이 복잡하지 않고 물가 상승의 위험에도 대비하는 그런 실시간 자산—이 내 생활 방식에는 잘 맞는다고 생각한다.

엄마에게는 땅, 기혼 친구에게는 서울 아파트, Z세대라 불리는 후배에게는 가상화폐가 최고의 자산이다. 우리나라의 성장이 꺾이지 않는다는 믿음으로 대를 이어 물려줄수록 가치를 더하는 땅, 서울 부동산은 절대 하락하지 않는다는 확고함이 더해진 아파트, 날 때부터 디지털 기기를 손에 쥐고 살았던 이들에게는 개념부터 이해되는 가상 자산.

돈을 쓰고 모으고 불려 나가는 데는 각자의 라이프스타일이 담겨 있다. 그렇기에 나는 자신이 어떻게 살고자 하는지 정한 다음, 각각 맞는 재테크 방식을 찾으면 된다고 본다. 돈, 그것도 투자 신념은 종교나 정치 이야기와 비슷해서 대화 주제로 삼으면 무척 피곤해진다. 사람들과 다툼과 갈등이 일어나는 대부분의 이유는 상대의 가치관에 우선순위를 차지하는 것을 반대하거나 깎아내릴 때다. 그런데 자본주의 아래 사는 사람들에게 돈은 예민한 주제다. 현실적, 심리적으로 무척 높은 위치를 차지한다.

부모님도 그렇고 나도 그렇고, 서로 돈과 관련한 대화는 일절 하지 않다 보니 각자 삶을 꾸려 나갈 뿐 서로의 주머니 사정은 잘 모른다. 엄마가 보기엔 내가 책도 자꾸 내고, 직장도 계속 다니는 데다, 혼자 살아서 특별히 돈 쓸 일도 없어 여유롭게 보이는지는 모를 일이지만, 나는 객관적인 잣대에 비추어 보아도 또래에 비해 많이 벌지 못한다. 고액 연봉 회사원이 아니고, 그 밖의 나의 노동은 21세기에 거의 무료로 제공되는 '글'이라는 콘텐츠이다. 대부분의 사람들이 유튜브로 정보를 얻는 시대에 호흡이 긴 책은 일부 스타 작가를 제외하곤 많이 팔리지 않으니, 내가 새벽부터 일어나 글을 쓴다 해도 생계를 해결할 돈벌이가 될 리 없다. 글이란 내가 타고난 기질을 거스를 수 없어서 읽지 않으면 멀쩡한 정신으로 살기 어렵고, 쓰지 않으면 너무 고독해지기에 행하는 생존 방식으로 남게 되었다.

일하지 않는 대부분의 시간을 책을 읽는 데 쓰는 나는 이 세상에 존재하는 많은 책을 읽는 것이 내가 태어난 이유처럼 느껴질 때가 있다. 이런 감상에 빠져 아니 에르노, 에릭 와이너 같은 저자 사이를 배회하다가 『배당주 투자 무작정 따라하기』 같은 책이 껴들면 정신이 번쩍 든다. 몽상가가 현실주의자로 바뀐 중간 값이 이런 내 모습과 같지 않을까.

나의 배부른 소크라테스가 되고 싶다는 무의식적 열망이 너무나도 잘 보이는 독서 목록은 점점 돈 주제의 책이 많아진다. 대부분의 책은 결국 하나의 주제 의식을 가지고 끝난다. '매달 현금 흐름을 만들어라'. 근로자의 월급을 대신할 일종의 불로소득인데, 대표적으로 수익형 부동산으로 받는 월세, 배당주 투자, 유튜브 콘텐츠에 붙는 광고처럼 시스템으로 벌어들이는 사업(부업) 소득이 있다. 큰 부자가 되는 방법이라기보다 이 세상 필부들이 경제적 안정감을 가지고 살기 위한 조언에 가깝다.

어떻게 돈을 투자하면 좋을지 오래 고민하며 여러 책을 살펴본 후로 내게 맞는 방식을 찾았다. 나에겐 매일매일 두 발 뻗고 자는 투자가 조금 더 벌 수 있는 돈보다 중요하다는 걸 알았기에, 마음 편안하면서도 최소욕구생활비를 보장해 줄 듯한 배당주를 산다. 그 과정에서 빚은 내지 않는다. 그리고 필요보다 많은 돈에 집착하지 않는다.

이 두 가지가 나의 투자 원칙. 앞으로도 나는 검소하게 살아갈 테지만, 그건 가난의 다른 말이 아니다. 앞으로의 내겐 지금과 마찬가지로 책을 읽고 삶을 사유하고,

자연에서 호흡하는 여백의 시간이 있을 테고, 아직은 미약하지만 곧 내 힘으로 만든 평생의 최소욕구생활비와 비상금을 가지고 살아갈 예정이기도 하다.

나는 남들만큼 살지 못할 때 가난하다고 생각한 때가 있었다. 그럴싸한 옷을 입지 못하고, 있는지도 몰랐던 미슐랭 레스토랑에서 식사하지 못하고, 휴가 때 해외여행에 가지 못하는 상태 같은. 타인의 욕망을 그만 부러워해도 된다는 것을 알았을 때, 비로소 나는 경제적 자립을 향해 나아갈 뚜렷한 실천 계획을 세우게 되었다.

자립
포트
폴리오

배당생활자

비록 최소 비용인 월 120만 원일지라도 내가 83세까지
산다는 가정 하에 45세에 현금을 모아서 은퇴하려면
5억 원가량 필요하다. 진짜 연꽃빌라 교코처럼 매월 저
금을 인출해서 쓰는 생활이다. 하지만 1억 모으기도 쉽
지 않은데 5억이라니, 5년 동안 내 소득으로 가능할 리
없다. 그러다 난이도를 낮춰 그 절반인 2억 5천만 원 정
도만 있어도 되는 은퇴법을 찾았다. 바로 배당주 투자인
데 6% 배당성향을 보이는 배당주를 가지고 있다면 월
120만 원의 배당금을 받아 출퇴근 은퇴 자금을 마련할
수 있다는 단순 계산이다. 사실 15.4%의 배당소득세가
있으므로 손에 진짜 120만 원을 쥐려면 세금 고려해서
투자금이 더 필요하긴 하다.

배당주는 기업의 주식 중 일정 기간 영업으로 벌어들인
이익의 일부를 주주에게 돌려주는 주식을 의미한다. 1

주 당 얼마의 배당금을 지급할지 이사회에서 정하면 이를 공시하고 일정 날짜까지 그 주식을 가지고 있는 주주의 증권 계좌에 돈을 입금해 준다. 나처럼 특정 회사와 직접적인 이해관계가 없는 사람이라면 흔히 주식 시장에 상장되어 있는 회사의 주식을 증권사를 통해서 사고 판다. 금융에 완전한 까막눈이 아닌 이상 배당주 투자는 매우 잘 알려져 있어서 인터넷 검색을 조금만 해도 넘쳐나는 정보에 허우적거릴 지경이다.

이조차 몰랐던 나의 금융 문맹의 시기에는 예적금만 바라보며 살았다. 10여 년 전에 연꽃빌라 저금 생활자 발상이 꽤 매력적으로 느껴졌을 만큼 머리 아픈 금융 공부는 하고 싶지 않았었고. 그러나 집을 사고 주담대를 갚던 시기에 자본주의에 눈을 뜬 나는 금융 공부를 시작했다. 투자에 대해 알아가면 알아갈수록 예적금만으로 돈을 관리하면 안 되겠구나, 하는 다짐이 커간 시기다.

저금 생활을 곰곰이 생각해 보면, 현재 예금이자 4% 수준에서 5억 원의 원금은 그대로 두고 이자로만 생활한다면 언뜻 나쁘지 않아 보이나, 이자를 쏙 빼서 쓰고 난 후 재예치한 원금은 세월이 지나도 그대로인지라 물가

상승에 따라 돈의 가치가 줄어든다. 게다가 금리가 언제나 4% 이상을 유지한다는 보장도 없고. 반면 배당주는 회사가 꾸준히 성장세라면 주식 가치도 오른다. 그 변동성으로 반대로 가치가 하락할 수도 있으니, 원금이 일단은 보존되는 예금만큼 안전하다고 보긴 어려울 수 있다. 그러나 투자한 기업 자체의 문제가 아닌 이상, 회사가 계속 돈을 잘 벌어들인다는 가정 하에 주가가 오를 확률이 높다. 깊게 파고들면 들수록 공부할 거리가 정말 많아지지만, 배당주로 자동 소득 발생이라는 방향성이 생긴 자체로도 나는 충분히 자유라는 희망에 부푼다.

월급으로 주식 투자하는 사람도 크게 성장주와 배당주 혹은 혼합형으로 그 성향이 갈린다. 나는 처음에는 성장주를 사 모으다가 평가액 손실을 보고 오르락내리락하는 주가에 연연하며 심력을 꽤 소모했었다. 이래서는 안 되지. 그러다 보니 주가와 상관없이 주가가 내려가면 저가 매수의 기회, 오르면 수익이 되는 상대적으로 마음 편한 배당주를 사자고 결정한 거다. 성장주를 잘 골라서 돈을 많이 벌었다면 배당주로 출퇴근 은퇴를 꿈꾸지도 않았을 텐데, 시장을 읽고 기업을 골라내는 안목이 많이 부족했다.

완벽하게 좋은 것도 나쁜 것도 없어서, 나는 여전히 평가액 손실이 나서 정리하지 못한 성장주를 일부 가지고 있고, 배당주 비중은 부족하다. 이렇게 말하니 종잣돈이 엄청 많아 보이는 착각이 스스로도 들지만, 다시 계좌 잔고를 확인해 보니 자유를 사기에는 많이 모자라다. 그래도 1억 원 모으기도 100만 원부터라는 각오처럼, 차근차근 단계를 밟아 가다 보면 나도 배당 생활자 포트폴리오의 3단계인 경제적 자유까지 가 닿을 날이 올 거다.

미국 배당주 투자

책『잠든 사이 월급 버는 미국 배당주 투자』를 참고했는데, 원본 글에는 달러와 원화를 함께 표기했으나 여기에서는 쉬운 이해를 위해 원화만 기입했다.

1단계: 소형 오피스텔 1채에서 받는 월세 수준으로 통신료, 보험료 등 고정비를 낸다. 월 배당 30~50만 원, 투자금 약 6,600만 원.

2단계 : 두 달 정도의 배당금을 모아 해외여행을 간다. 월 배당 80~100만 원, 투자금 약 1억 8,000만 원.

3단계 : 노동 없이도 생활비가 생긴다. 월 배당 200만 원 이상, 투자금 약 5억 원.

좋은 배당주: 꾸준히 배당금을 올리고, 지급하는 기업.

배당주의 복리 효과: 배당금을 재투자하면 더 빠르게 목표에 달을 수 있다. 그래서 배당주를 고를 때 이왕이면 연 배당보다 월 배당처럼 자주 배당을 지급하는 경우가 더 좋다. 돈이 자주 입금되면 현금 흐름도 좋아지니 월 배당주가 좋은 것.

빚을 두려워하는 성질

내가 벌지 않으면 경제적으로 의존할 누군가가 전혀 없는 나는, '기댈 곳이 필요해. 세상에 나는 혼자'라는 막막함이 스미곤 했다. 몸이 아팠을 때, 번아웃이 찾아올 때에도 회사를 포함해 선뜻 내가 하고 있는 모든 프로젝트를 그만둔다는 선택지를 택할 수 없었다.

생계를 책임져 줄 누군가가 있는 사람은 얼마나 행복할까. 오늘도 내일도 대부분의 시간을 일로 쓰는 내가 경험해 보지 못한 든든한 파트너가 있는 상황을 그려보곤 한다. 그런데 꼭 사람만 나를 대신해 일하라는 법은 없지. 투자한 돈이 일한다면 백수 상태임에도 누군가의 눈치를 볼 필요도 없고, 당당하게 쉴 수 있으니 더 좋지 않을까. 그러나 이 모두는 가정일 뿐, 나는 여전히 내게 주어진 하루의 대부분을 일에 쓴다.

늘 최악을 가정하며 여러 상황에 대비하는지라 배당 투자 역시 쫄딱 망했을 때를 그려보곤 한다. 세상이 뒤집히지 않는 한 내가 모아 가는 주식의 모든 회사가 망할 리 없고, 그렇다 해도 배당금을 매달 30만 원씩만 받을 수 있어도 어떻게든 살아가지 않을까. 나의 한 달 고정비 평균이 30만 원가량이었으므로, 이것만 해결되어도 이론적으로 매달 식비 30만 원만 추가로 벌면 최소한의 생존은 가능해 보였기 때문이다.

지금 내가 사는 서울 집을 월세로 내놓고, 나는 여기를 떠나 생활비가 저렴한 지방 소도시에서 검약하게 산다면 내가 생각한 날짜보다 더 빠른 은퇴가 가능해 보이기도 한다. 내가 홀가분한 이유는 단 하나, 빚 없음. 빚이 발목을 잡으면 이렇게 공기처럼 보이지 않게 존재하며 유유자적하게 사는 삶을 그려 보지도 못할 텐데. 게다가 빚 없이 순수하게 모은 돈으로만 투자를 하면 어떤 리스크가 발생해도 결코 주변에 피해를 주지 않는다.

오래전 내 또래의 사람들이 많이 다녔던 회사의 월급날, 사무실에서 내 바로 앞에 앉은 동료가 사적인 전화를 하는 소리가 파티션 너머로 들렸다. "리볼빙 신청하려고

요." 순간 나는 내 귀를 의심했다. 리볼빙이라고? 그가 물건 사기를 즐기던 사람임을 알고 있었고, 당시 나도 뒤지지 않는 쇼퍼홀릭이었지만 나는 선을 넘지 않았다. 월급을 모두 다 쓰며, 무이자 할부 결제는 했을지언정 리볼빙이라는 폭탄은 절대 건드리지 않았다.

리볼빙까지 해가며 물건을 사는 사람의 끝은 높은 확률로 파산 및 개인회생이라 의심치 않는다. 신용카드 회사 입장에서는 원금은 적게 갚고 이자를 많이 내며, 계속 이자만 내고 원금은 거의 줄지 않는 마르지 않는 화수분 같은 고객은 반갑겠지만, 이건 소비를 위해 낸 빚이라서 소위 말하는 악성 부채다.

넷플릭스에서 본 다큐멘터리 〈돈, 돈, 돈을 아십니까?〉에서는 과거의 나와 비슷한 상황에 처해 있는 사람들이 등장한다. 다큐는 여러 경제적 고민을 안고 있는 이들이 자산관리 전문가의 자문을 얻어 삶을 변화시키는 과정을 담는다. 학자금 대출과 끊임없는 쇼핑으로 신용카드 빚에 시달리는 인물은 자신의 발이 되어 주는 낡은 자동차가 고장날까 봐 전전긍긍하고, 160만 달러(약 23억 원)의 계약금을 받은 럭비 선수는 28만 달러(약 4억 원)만 남을 때까지 돈을 썼다고 말한다.

짧은 선수 생활이 끝나면 주변에 파산하는 일이 비일비
재했기에 그는 미래가 불안하다. 럭비 선수는 컨설팅을
받고 지수를 추종하는 인덱스펀드에 적립식 투자를 시
작하는데 처음에는 많이 망설인다. '돈을 잃으면 어떡하
지?'에 대한 두려움이 그를 주저하게 한다. 돈에 대해 배
운 적이 없다고 인터뷰하는 모습이 나와 크게 다르지 않
아 보였다. 또 다른 사례로 조기 은퇴를 꿈꾸며 생활비
를 줄이고, 보다 작은 집으로 이사 가는 부부도 나온다.

나는 이 다큐를 보면서 돈 문제로 허덕이는 여러 유형
중에 유독 공감이 가는 사례가, 바로 내가 지금 품고 있
는 돈 문제란 생각이 들었다. 나는 쇼핑으로 돈을 탕진
하는 시기는 오래전에 지나서, 다큐에 등장한 소비 중
독자를 보며 '신용카드를 당장 잘라 버려!'라고 속으로
소리 지른 것을 제외하면, 생활 규모를 줄이고 조기 은
퇴를 준비하는 젊은 부부의 사례에 눈길이 갔다. 지금
나의 고민도 동일했기에.

내가 자유를 찾아가는 과정에서 확고한 원칙 하나를 꼽

자면 부채 없이, 순자산으로만 자동 소득 만들기다. 투자를 잘해 노동 없이 수입을 만들고 있는 사람들의 조언이나 포트폴리오를 담은 여러 책을 참고해 보니, 많은 저자들이 절약으로 돈을 모으고, 월세가 나오는 수익형 부동산을 레버리지(은행권 대출이나 세입자의 보증금을 끼고 투자하는 형태)를 사용해 투자하라고 했으나, 나는 그다지 끌리지 않았다. 자산을 사기 위한 대출은 영리한 빚이라고 했지만, 내겐 좋은 부채 역시 각종 변수를 계산하느라 불면의 밤을 선사할 게 분명하다.

모든 투자는 손실 위험이 있으나 순수한 내 돈으로 투자한다면 쫓기는 기분 없이 마음이 편할 것이다. 나도 안다. 평범한 사람이 덩치 큰 자산을 백 퍼센트 현금으로 사는 경우는 드물다는 걸. 애초에 내가 사고 싶은 자유란 안정감의 다른 이름인데, 그걸 사기 위해 지금이 흔들린다면 무엇을 위한 노력인지 다시 생각해 볼 문제다.

당근의 추억

5년 뒤 최소한의 경제적 자립을 꿈꾸며 나는 다시 강경한 미니멀라이프로 돌아서게 되었다. 많지는 않았지만 집에 불필요한 물건이 있는지 재차 확인하고, 혹시 돈으로 바꿀 만한 중고품이 있는지도 확인했다. 그러다 눈에 들어온 10년 된 아이패드. 고장 없이 멀쩡하지만 키보드 케이스가 망가진 후로 전자책을 볼 때만 썼다. 바깥에서 원고 작업을 하거나 공부, 미팅에 참여할 때 노트북보다는 가벼운 도구가 필요해져 결국 새 아이패드를 샀었다(은퇴 결심 이전에 소비의 기간이 좀 있었다). 구형 아이패드에 맞는 키보드 케이스가 더는 나오지 않는다는 이유로 신상품을 샀다.

지금 이 글도 새 아이패드로 쓰고 있기 때문에 큰 불만은 없지만, 전자 제품의 유행이 빨라도 너무 빠르다. 애플스토어에서 새 아이패드를 사던 날 구형 아이패드의 매입 문의를 해보니, "저희 엄마도 이 모델 쓰셨어요"라며 환하게 웃는 젊은 직원이 보상 없는 수거만 가능하다고 했다. 엄마…? 그렇게 오래되었나. 어쨌든 애플에게는 0원의 가치도 없겠지만, 나의 10년 된 아이패드는 정말 멀쩡하고 배터리도 오래갔다. 나는 오랜만에 중고 거래를 하기로 했다.

당근마켓에 처음 가입하고 시세를 찾아보니 5만 원 정도에 거래되길래 나도 그렇게 올렸다. 올린 날 바로 구매하고 싶다는 분이 있어 일주일 후 거래하기로 했다. "16기가바이트면 넷플릭스나 유튜브 보는 데 문제없나요?" 또는 배터리 수명 등 세세하게 질문이 많아서 다소 꼼꼼한 분인가 보다 했다. 워낙 정중하게 물어보고, 문장도 완성형이고, 맞춤법도 정확했다. 상대방 프로필에 들어가 보니 텔레비전 안 보는 나도 아는 아이돌 가수의 굿즈 같은 것을 거래하길래 아무 의심 없이 20~30대 여성분이라고 나 혼자 생각했다.

비가 퍼붓던 거래 당일, 사람 많은 지하철 역에서 젊은 여자분을 애타게 찾아보았으나 보이지 않았다. 채팅창에는 '입금했습니다' 하니, '도대체 어디시란 말인가' 하며 나는 목을 길게 빼고 두리번거렸다. 그러다가 어떤 아기(?)가 '혹시 당근?' 이래서 '엇… 뭐지?' 하며 나는 속으로 황당한 웃음이 났으나, 결국 한 어린이와 거래하게 되었다.

돌아오는 길에 중고교생도 아닌 초등학생인데 거래해도 되는 건가, 너무 찝찝했다. 친구랑 두 명이서 이 비를 뚫고 옆 동네 어른과 거래하러 온 건데 너무 위험하지 않나, 하는 생각이 떠나질 않았다. 기사를 찾아보니 민법상 법정대리인의 동의를 받지 않은 만 14세 미만 청소년이 물품 등의 거래를 했을 경우 언제든지 거래가 파기될 수 있다고 한다. 나는 어린이의 보호자가 연락해 와도 놀라지 않을 마음의 준비를 했지만, 결국 내가 좋은 물건을 싸게 팔았고, 시간도 잘 지켰고, 응답도 빨랐다는 후기를 선택해 보내 준, 그냥 매너 있는 거래로 끝났다.

아들뻘인 어린이에게 입금 받은 5만 원은 어딘가 이상한 기분을 남겼지만, 나는 자유자금으로 쓰기로 했다. 가격도 내가 받은 돈과 거의 비슷한 49,800원인 배당주 1주를 사기로 했는데, 그 주식 1주는 나에게 분기별 830원씩, 1년이면 3,320원을 입금해 준다. 문득 이런 가정을 했다. 만약 그 어린이가 나이고 내가 경제적으로 깨인 어린이였다면, 용돈으로 아이패드 대신 이 주식을 사겠노라고. 그럼 내 나이 25살 무렵이면 원금과 동일한 돈을 갖게 된다. 단순 계산으로 하자면 그 사이 주가는 올랐을 확률이 높고, 배당도 더 높아졌을 것이다. 배당금을 쓰지 않고 새로운 용돈을 더해 재투자했다면 더 빠른 시간 안에 원금의 두 배가 될 테고. 내게 부족한 시간이 어린이에게는 더 많이 있으므로 25살의 10만 원이 15만 원이 되는 때는 지나온 날의 절반밖에 걸리지 않는다. 작은 눈뭉치가 구르고 굴러 엄청난 눈덩이가 되는 것을 목도하는 기적. 인류가 발명한 가장 위대한 것이 복리라는 말도 있듯이, 돈이 돈을 벌어 오는 구조를 빨리 만들수록 경제적으로 더 빨리 자유로워질 수 있으며 자동 소득으로 살아가는 삶 역시 꿈이 아니다.

그나저나 나는 왜 어릴 때 경제교육을 받지 못했을까. 생산의 3요소는 토지, 노동, 자본 같은 상식을 위한 배움 말고 보다 실질적인 생활 금융 같은 것. 사기 당하지 않게 부동산 계약하는 법, 금융 상품 같은 것을 알고 어른이 되면 좋았을 텐데. 나는 너무 늦게 자본주의에 눈을 떠서 지금 은퇴도 최소 비용으로 구상하고 있지 않은가! 돈이 불어날 시간까지 부족하니 조바심이 난다. 과거의 후회가 가장 부질없는 짓이라서, 그만둬야지 하면서도 쉽지 않다. 사실 가끔씩 후회하는 기분이 드는 것은 앞으로 똑같은 실수를 하지 않기 위한 뇌의 되새김질이라고 본다. 후회해 봤자 무슨 소용, '그래, 앞으로는 그렇게 살지 않을 거야', 또 한 번 일깨워 주는 순간 같은 거라고.

배당주를 사면 스프레드시트에 투자 기록을 남긴다. 냉정해 보이는 숫자로 가득한 표에 이제부터 돈에 얽힌 사연을 간략하게 써두기로 했다. 당근 거래 이후로 돈의 출처에 얽힌 사연을 같이 써두자 흥미로워 보였다. 메모에 어린이와 당근 거래에 대한 짧은 이야기를 적거나, 나의 은퇴에 도움을 주신 분들이라는 느낌으로, 모 모회사에서 무슨 프로젝트로 받은 돈으로 구매함과 같은 사연을 담기도 한다. 나중에 노트를 볼 때 단순한 숫자로 정리한 기록보다는 훨씬 따뜻하게 느껴질 거 같다. 돈 하나하나에 담긴 추억이 실질적인 돈으로 얼마나 불어날지 지켜보는 것도 흥미로울 테고.

추억도 복리 같은 거라서 내가 비교적 젊은 날, 올해보다 작년이 더 젊었던 것처럼 그때 그 시절에 겪었던 소소한 일상 속에서 밋밋하지만은 않았던 기억들, 열심히 일해서 번 돈으로 어떻게든 살아가려고 했던 때를 떠올려 보면, 분명 돈이 늘어난 만큼 추억도 각색되어 더 풍요롭게 남아 있을 테다. '그때 원고를 힘들게 썼었지, 정말 안 풀렸어', 그런 마음이 들 수도 있고. 추억도 복리로, 내 은퇴 자금도 복리로 남아 있기를. 그러니까 추억 역시 가격표를 붙일 수 있다면 그건 그때 얽혀 있던 돈의 가치를 보존할 때가 아닐까. 이미 써버린 돈은 기억과 함께 혹은 물건의 퇴색과 함께 희미해지지만, 계좌에 살아 있으며 성장하는 돈이 주는 감상이란 분명 다르다.

사우나에서 만난 할머니

10년 전쯤, 남산에 있는 한 5성급 호텔에 호캉스를 갔다. 느긋하게 수영을 마치고 사우나에 들어간 나에게는 꿀 같은 휴가였지만, 거기에는 일상을 즐기는 할머니 두 분이 탕에 몸을 담근 채 담소를 나누고 있었다. "오늘 H자동차가 올랐더라고." 일견 평범해 보이는 할머니들이 대화 주제 하나로 갑자기 여의도 출신 투자자로 보이기 시작했다. 나는 당시 욜로였기에 열심히 번 돈으로 1박 2일, 한 번의 즐거움을 위해 신용카드를 사용했다.

카드 대금을 갚기 위해 또 노동을 해야 하는 처지였고 노동을 멈추면 돈이 들어올 곳은 단 한 군데도 없었지만, 일단 지금의 재미가 중요했다. 투자는 부동산이든 주식이든 모두 관심 없었다. 늘 소비하느라 돈이 없었으니 투자는 관심은 있어도 관심을 실행할 수 없는 세계였다. 또 지나치게 머리 아팠다. 내 머릿속은 보통 예술로 가득 차 문학이나 미술 같은 영역의 관심사로만 가득했고, 돈이란 숫자로 이루어진 이해하고 싶지 않은 영역이었다. 내가 느끼는 감정적 불행과 허기, 이루지 못한 욕구의 면면이 돈 때문에 벌어졌음에도 나는 장기전에 임하기보다 오늘의 쾌락을 택했다. 그런 와중에도 그때 호텔 사우나에서 들려온 주식 투자 대화가 오랫동안 기억에 남았다. 그때 처음으로 그분들처럼 노년에 호텔로 목욕 다닐 정도의 재력을 갖추려면 투자가 필요하겠다는 생각이 마음까지 와닿았다.

그렇게 심어진 작은 씨앗은 오래도록 싹을 틔우지 못하다가, 작은 집을 온전한 내 소유로 만든 1단계 자립 목표를 이룬 다음에야 비로소 움트기 시작했다. 자립 2단계로 금융 자산에 관심이 갔고 책에서 답을 구했는데, 주변 사람들에게 생생한 이야기는 듣기 어려웠다. 보통 내 주변의 가까운 사람들은 대개 거주 목적의 자기 소유 집 한 채와 노동 소득으로 살아가는 이들이 많아서 머니 토크를 하면 집 값이 올랐네, 떨어졌네,가 대화 주제로 자주 오를 뿐, 금융 자산에 대한 이야기는 하지 않았다.

그래서 부동산에 크게 관심을 갖지 않는 나로서는 외로운 섬 하나 새들의 고향이 되고 만다. 대화에 껴든다기보다 청중으로 남아, "아, 그런 거구나. 그 동네가 인기야?" 이렇게 호응하는 청중. 머니 토크는 저마다 다른 것. 어떤 투자 계획이든 안정적인 생활을 보장해 준다면 그 목적은 달성되는데, 자산 가치란 그 자산이 만들어내는 현금 흐름이라는 측면에서 나는 금융 자산을 선호할 뿐이다. 예측 가능한 현금 흐름, 월급 생활자가 특정한 날에 돈이 들어올 거라는 기대 같은.

할머니가 되어서까지 어떤 현금 흐름으로 먹고살지 고민하다 보면 가장 먼저 연금 생활이 떠오른다. 특정 나이까지 기다려야 나오는 연금은 젊은 날, 당장의 자유를 보장하지 않는다. 월급 명세서를 들여다보면 국민연금을 징수하는 비중이 적지 않다. 과연 나는 국민 연금을 받을 수 있을까? 하는 불안감을 조장하는 뉴스는 너무 많이 나오고, 그만큼 불신도 깊다. 근로자로 일하는 한 국민연금은 4대 보험에 포함되는 의무이며, 내 경우 오래 일한 편이라 이미 연금을 받을 수 있는 기본 개월 수는 채운 상태다. 내가 이민을 가지 않는 한 일시불로 돌려받을 길이 없기 때문에 그냥 잊고 지낸다.

보통 연금은 4개로 준비해야 한다고 말한다. 국민연금, 퇴직연금, 개인연금, 주택연금. 퇴직연금은 일정 규모의 회사에서 의무적으로 가입하는 것으로 DB와 DC형이 있다. DC형은 내가 직접 퇴직금을 운용할 상품을 설정할 수 있어서 투자 자율성이 어느 정도는 있다. 개인연금은 절세 혜택이 있는 계좌로 세액 공제가 되는데, 이 또한 IRP, 연금저축, 연금보험이 있다. 선택지가 있는 만큼 내 상황에 맞춰 장단점을 비교해서 가입한다. 투자금은 IRP의 경우 55세부터 연금 형태로 돈을 받는다. 단점으로 당장 목돈이 필요한 경우에는 적극적인 운용이 힘들며, 오랫동안 목돈을 묶어 놓아야 한다는 것. 그래서 개인연금은 결혼, 출산, 내 집 마련 등 이벤트가 많은 너무 젊은 나이부터 돈을 최대치로 넣으면 오래 유지하기 힘들다고 한다. 나도 집 문제를 해결한 후 38세에 세제 혜택과 복리 효과를 위해 개인연금에 가입했다.

흠, 금융의 세계는 실로 복잡해서 무엇이든 곧잘 읽어 내는 나 역시 '더는 읽고 싶지 않아' 할 만큼 머리 아프다. 그래도 연금은 국가적으로 세제 혜택을 주는 금융 상품인걸. 꼭 알아가야 한다. 마지막으로 주택연금은 노년에 살고 있는 자기 소유의 집을 담보로 일정 금액을 매월 받는 연금이다.

연금은 내게 먼 훗날의 이야기일 뿐, 지금 당장 돈이 들어오면서 노년까지 돈이 입금되는 자산에만 군침이 돈다. 달콤한 자유의 맛, 심지어 노년까지도 지속 가능한 투자다. 이런 나의 금융 생활에 이름을 붙인다면, 그랜마 인베스트먼트Grandma Investment라고 부르고 싶다. 할머니가 되어서도 안정적으로 입금 받는 생활을 하겠다는 나의 개인 투자 염원이 담긴다. 이제 돈은 내게 일꾼이다. 저마다 몸값이 다른 일꾼들이 금융이란 필드 위에서 돈을 벌어들인다. 적게는 생활비 명목으로 떼놓은 돈이 하루하루 CMA에서 불어나듯이, 크게는 미국에서 벌어들이기도 하고, 내 개인 능력으로는 취업 문턱을 넘지 못할 대단한 회사에서도 내 일꾼은 배당금을 받아 온다. 이게 바로 돈이 돈을 버는 거구나.

끈기는 역시 재능

나는 내게 특별한 능력이 없음을 오래전에 알았다. 어릴 적 몸이 날렵한 친구는 육상을 잘해서 학교 운동회 때 스타가 되곤 했다. 운동회의 꽃은 이어달리기였는데, 그때 인기 있는 남자애나 여자애가 탄생한다. 마치 리틀 스포츠 스타 같은. 달리기 꼴등을 도맡아 했던 나는 응원석에 있었고, 유독 그들이 빛나 보였다. 줄넘기 시험을 대비해 밤이면 공터로 나가 죽도록 연습하기도 했다. 가장 많은 줄을 넘어야 시험 점수가 높았는데, 10번도 채 되지 않아 곧잘 발이 걸려 넘어졌던 나는 한 달가량의 특훈으로 시험날 60여 번을 넘을 수 있었다.

그런 내게 아무렇지도 않게 한 번 발돋움에 줄을 두 번씩 돌려서 넘는 묘기를 보여주는 체육인들이 분명 존재했다. 힘들어 보이지도 어려워 보이지도 않았다. 뿌듯한 표정도 없었다. 그들은 몇 번 해보고 나선 금방 이치를 깨우쳐, 타고난 민첩함으로 해냈다. 내가 10시간을 들여도 성공할 수 없었던 이단 뛰기를 10분도 되지 않아서 완성하다니. 나는 줄넘기 연습과 비슷한 경우를 살면서 너무나도 많이 만났고, 대체 내겐 다른 사람보다 더 나은 재능이 있는지 알 수 없어 의기소침해지곤 했다. 늘 책을 끼고 다니며 읽었고 지금도 그러는데, 어쩌면 읽기도 재능일까. 오래 읽기. 마라톤처럼 계속 읽는 것도 재능일지도 몰라. 보이지 않을 뿐이어서 그렇지 나에게는 남다른 지구력이 있다.

소득이 높지 않으면 투자금이 많지도 않고, 월급으로 매월 저축을 하거나 적립식으로 금융 상품을 사게 될 확률이 높다. 그리고 생업에 바쁜데 금융 공부까지 언제 한단 말인가, 하는 이들에게 금융전문가가 추천하는 방법은 시장의 인덱스 지수에 투자하는 방법이다. 주가가 계속 상승할 거라는(중간에 낙폭은 있겠지만) 믿음이 있고, 계속 모아 갈 사람이 시도할 만하다.

워런 버핏도 자신이 죽으면 인덱스에 투자하라고 했다지만 나는 다른 길을 택했다. 내가 그 명성을 듣고 미국의 상장 지수 추종 ETF(이하 인덱스ETF라고 부르겠다)를 사모으다가 주식 시장이 한때 크게 폭락하면서 원금 손실의 위기를 느꼈고, 유일하게 수익을 내고 있는 인덱스 ETF를 재빨리 팔고 다시 저렴한 가격에 사야겠다고 오판했기 때문이다. 소비처럼 돈에도 감정을 싣지 않고 냉철하게 바라보고 판단해야 하는데, 나는 감정적인 사람이었고 손실을 피하고만 싶었다.

투자를 처음 해봐서 지속적인 폭락을 심리적으로 감당하기 어렵기도 했지만, 내가 낮은 가격을 잡을 수 있다고 믿었던 게 패착이었다. 저가 매수의 행운은 용기 있는 자, 아니 정확히는 많이 공부한 사람만이 거머쥔다. 나보다 투자 경험이 많은 어떤 성실 개미가 꾸준히 모아간 인덱스ETF의 평균 매수 단가와 수익률을 보고 덤덤하게 만족하고 있을 때, 나는 그때 팔지 말고 계속 모아갔어야 했는데! 라며 눈물을 짓고 있는 거다. 그리고 그날 이후 나는 시장 지수 추종 ETF의 세계로 다시 돌아가지 않았다.

"1주당 3,300원이라니까요? 저는 적게 오래 먹겠습니다." 점심시간에 회사 동료와 카페에서 가볍게 투자 이야기를 하면서 나는 베어마켓인 시기에 배당 수익률 7%에 가까운 주식을 자랑하던 중이었다. C는 핸드폰으로 증권사 앱을 열어 여러 종목의 현재가를 확인하던 중이었는데, 옛날에 거래처가 추천했던 주식이 지금 나 홀로 상승 중이라고 했다. 나는 "그래서 지금 그 주식은 몇 퍼센트 수익인데요?"라고 되물었고, C의 대답은 "이미 팔아서 없어"라고. 여기 또 기다리지 못하는 사람이 있었네. 큰 폭으로 하락한 주식은 손절하기 전까지는 팔지 못하니 들고 있고, 수익권인 주식은 이미 없다니.

개인투자자 중 성공한 사람이 드문 경우는 이런 이들이 태반이어서일지도 모른다. 손실난 주식은 원금이 생각나 아까워 팔지 못한 채 계좌에 박제하고, 수익이 나면 팔고 싶기에 장기투자는 어렵다. 이런 심리를 경험하고 나니 시간이 흐르길 기다리며 끈기 있게 돈을 불려 나가는 투자가 가능한지 의문이었다. 그래서 늘 일정 현금이 들어오는 데다 하락장이 오히려 좋은 배당주가 나의 수익 자동화의 꿈을 일부 실현시켜 줄 거라 생각했다.

시장 지수 추종 ETF 역시 분기별로 분배금(배당금과 같은 개념)을 준다. 그러나 펀드 운용 수수료가 있고, 내가 가장 원하는 매월 현금이 들어오는 생활과는 다소 다르다. 그런 과정을 거쳐 나는 개별 배당주에 투자한다. 사실 이게 더 좋다고 말하기에 나의 투자 경험은 너무나도 보잘것없으며, 나는 안정지향 투자 성향을 가졌기에 그러는 것뿐, 모두에게 맞는 투자는 아니다. 오해하지 마시길.

놀라울 만큼 집 값에 관심이 없는 나라도 지금 사는 집을 팔고자 할 때 올라 있으면 당연히 즐거울 테지만, 그 전까지는 부동산 뉴스는 읽지도 않을 만큼 두 발 뻗고 지낸다. 그러나 내가 총력을 기울이는 금융 자산에는 그런 태도를 갖지 못한다. 자고 있는 시간에 열리는 미국 주식 시장의 동태를 파악하며 하루를 웃거나 울며 시작한다. 아직 멀었지만 조금씩 변동성에 무뎌지는 나를 발견하기도 하고. 금융 자산으로 자유를 사겠다고 다짐한 후로 내게 가장 필요한 부분은 끈기다. 낙관론과 성실함으로 시장을 떠나지 않고, 계속 발을 담그고 있는 것. 쉽게 포기하지 않고, 좌절해도 다시 일어서는 끈기란 재능의 영역일지 모른다.

주말에는 도서관으로

집 근처에서 길을 걷다, 앞서 걸어가는 여학생 두 명이 큰소리로 곰돌이 양말을 신고 왔다며 귀엽지 않냐고 자랑하는 소리가 들렸다. 그런 사소한 것에 감탄하는 나이란 참 싱그럽네…라며 다소 어르신 같은 생각이 스치던 나는, 문득 어제 입금된 나의 작고 귀여운 월 배당금을 떠올렸다. 단돈 2달러 59센트. 증권사에서 권리금 입금이라는 문자가 올 때면 나도 이 세상에서 가장 귀여운 것을 보듯 웃곤 한다. 흐뭇하고 자애로운 눈빛으로. '에게, 이거밖에 안 되나?' 하는 마음이 드는 수준인데, 그나마 2년여를 성실히 모아 간 종목으로 평생 한 달의 자유가 생겼다. 다만 1년 중 단 1개월뿐이라 아직 11개월의 내 시간 구매가 과제로 남아 있어서 갈 길이 멀다.

처음 나는 투자에 대해 많이 알아야 투자를 시작할 수 있다고 보았지만, 그냥 투자용 계좌를 하루라도 빨리 개설하는 것이, 누구나 알고 있는 돈 잘 버는 유명한 회사, 소위 말하는 우량주라고 불리는 주식을 1주라도 사보는 것이 더 빠른 시작이었다. 자신의 돈이 조금이라도 들어가야 본격적으로 공부하게 되고, 관심을 가진다. 나도 처음에는 전략 없이 무지성으로 투자했지만, 이제는 배당 캘린더까지 만들어 배당락을 체크하고, 시가총액과 거래량 높은 리츠, 통신주 등의 포트폴리오를 만들었다.

사람은 몰두할 거리가 반드시 필요한 생물이고, 나는 안정감과 여유 있는 삶을 내게 선물하는 데 매료되어 있다. 게다가 목표 역시 명확했기에 주말이면 도서관으로 가서 공부하는 시간을 갖는다. 원래 주말이면 미술 전시를 보거나 친구를 만나곤 했는데, 조금만 인기 있어도 오픈런이 기본 값이 되어 버린 미술관과 힙플레이스들이 나를 힘들게 해서 요즘에는 집이나 동네에서 주로 논다. 그것도 세상에서 가장 조용한 도서관에서.

사람이 살아가는 데 큰 도움이 되는 세 가지 지식이 있다고 생각한다. 경제(금융, 재무), 의료(기본적인 처치법이나 질병 관련 상식), 법률(민법)인데, 나는 그 첫걸음으로 회사들이 돈을 얼마큼 벌었는지, 이익이 얼마나 났는지, 장부(재무제표) 보는 법을 공부하기로 했다.

질병에서 비롯한 무기력으로 힘들어하고 있던 때의 나는 많은 취미생활을 내려놓았다. 예컨대 클래식 공연은 늦은 밤에 하는 경우가 많았는데, 서울 서초구에 있는 공연장에서 우리 집까지 돌아오는 길은 멀었다. 나는 10시에 잠자리에 들기에, 내 생활 리듬을 깨가며 공연을 볼 열정은 없었다. 가끔은 질리고, 가끔은 열광하는 취미 생활이 희미해져 갔고, 책을 읽고 차를 마시고 산책을 하는 정도도 충분히 행복하다고 느꼈다. 명산을 찾아다니지 않고 동네 산에도 만족하는, 쾌락의 역치가 매우 낮다 못해 0에 수렴하는 생활이라서 내가 사고 싶은 자유의 가격이 그토록 낮았나 보다.

도서관에서 재무제표 서적을 펼치고 모처럼 종이에 글씨를 쓰면서 공부를 한다. 키보드의 요란한 소리는 공공장소에서 다른 사람들을 방해하므로 사용하지 않는다. 투자하는 기업의 재무제표를 해석하며 공부를 하는데, 너무 비현실적으로 큰 숫자들이 많아서 눈을 부릅뜨고 숫자를 손으로 써가며 읽는다. 어쩌면 숫자 공부도 국어 공부하듯 할 수 있었던 걸까. 지금은 큰 숫자도 제법 한눈에 읽힌다. 무슨 영역이든 해보기 전까지는 낯설고 어렵게만 느껴지나 막상 뛰어들어 보면 익숙해지고 해볼 만하다고 의기양양해진다.

나는 재무제표가 엄청나게 어려운 것인 줄 알았는데, 자산은 부채와 자본의 합이고 부채는 남의 돈, 자본은 내 돈이라는 정리부터 시작하니 크게 힘들지 않았다. 재무제표는 재무상태표, 손익계산서, 현금 흐름표, 자본변동표가 한 세트인 보고서로, 기업의 재무적 상황을 각기 다른 4가지 관점에서 정리한 것이다.

'전자공시시스템에서 많이 보던 그 재무제표가 이렇게 구성되어 있군.' 계속 책을 읽고 요약 정리를 하다가, 기업의 현금 보유량을 점검하는 것은 필수이며 이 현금 보유량이 안정성의 지표라는 말에는 마치 가계 생활 조언과도 같아 밑줄을 긋는다. 부도가 난다의 의미는 줄 돈을 못 줄 때라는 심플한 설명에도, 개인이나 법인이나 돈 문제는 규모만 다를 뿐 동일함도 알게 되었다.

은퇴를 하고 싶어 투자라는 세계에 눈을 떴는데, 오히려 더 회사 업무에 참조 바랍니다, 가 되는 선순환이 이뤄지다니! 회계 관련 책을 읽고 요점 정리를 하고, 실제로 다트dart.fss.or.kr에 가서 내가 투자하는 회사의 재무제표를 다운로드하여 해석해 보는 일련의 과정 덕분에 조금씩 회사 보는 눈이 생긴다. 각종 투자서를 읽고 알려 주는 팁을 노트 정리하고, 생소한 용어의 개념 정리를 하기도 하지만, 아무리 생각해도 투자는 실전이기에 수험 공부처럼 하는 것은 지양하고 있다.

미국 주식에도 투자하니 꾸준히 영어 자료를 접하고 하버드 비즈니스 리뷰의 팟캐스트를 듣고, 기업들이 어떻게 일하는지, 창업하는지 등 관련 인사이트를 알아가고, 경제 트렌드에도 민감하게 반응하기도 한다. 투자 공부를 하며 트렌드 파악까지 되어 회사 업무를 할 때도 기획 파트에서 꽤 도움이 된다. 역시 일단 시도하다 보면 새로운 길이 열리고, 또 다른 눈이 생기는구나.

자유인이 되는 날까지 노동과 투자를 병행하면서 돈 공부에 진지하게 임하자고 책을 덮으며 생각했다. 3년을 한 분야에 몰입해 준전문가가 되는 시작을 금융 공부로 해야지. 취미는 그다음의 문제다. 힘내자고 응원을 불어

넣으며 도서관을 나선다. 주말 이용객이 적은 일반열람실을 나오면서 갑자기 이렇게 날씨가 좋은데, 좋은 작품을 보고 싶다는 마음이 스민다. 변덕스러운 마음이 가끔은 기분 전환도 필요하다고 속삭이고 있다.

책 『돈의 심리학』에서는 장기적인 재무 계획은 필수이나, 나를 둘러싼 상황이 변한다고 말한다. 주변 세상도, 목표도, 욕망도 변한다고. 미래에 무슨 일이 벌어질지도, 또 미래의 내가 무엇을 원하게 될지도 모르는데, 우리의 마음이 변한다는 현실을 받아들이라고. 내가 지금 배당투자를 하다가 공부를 하면 할수록 새로운 세계가 보여 다른 투자처로 바꿀 수도 있고, 그곳에서 실망하고 또다시 지금의 투자 방식으로 돌아올 수도 있듯이. 취미생활도 중단했다가 다시 시작했다가 새로운 취미에 흠뻑 빠질 수도 있듯이. 그러니까 언제든 내가 달라질 수 있음을 알고 매사 유연하게, 그러나 끝맺음이 있는 사람이 되길 바란다.

돈을 좇지 않아도 돈이 모인다면

차분한 색조의 단조로운 살림으로 채워진 내 집에 어울리지 않는 유일한 하나는 보랏빛의 못생긴 헝겊 인형이다. 이름은 트렁코. 이 녀석은 포테이토칩을 좋아해 1일 1봉을 순식간에 먹어 치운다. 그래서 포테이토칩이 떨어지면 불안해서 100봉지씩 미리 주문하는 성격을 가지고 있다. 한때 IP(지적재산권) 마케팅 일을 하면서 캐릭터 세계관을 접할 일이 있었는데, 우리가 캐릭터에 호감을 느끼는 순간은 단순히 귀여운 외모 때문도 있지만 자신과 어떤 공감 포인트가 있을 때다.

불안에 떨며 '미리' 포테이토칩을 주문하는 트렁코는 나 같은 구석이 있다. 나는 낭비 없는 생활의 사전 적응 훈련으로 한 달치 자유의 가격을 생활비로 설정해 두었기 때문에, 월급날이 오면 생활비와 예비비 일부를 제외하고 모든 돈을 투자용으로 쓴다. 부업에서 벌어들인 돈

역시 단순히 갖고 싶은 것이나 경험에 소비하지 않고 금융 상품으로 흘러간다. 그렇다고 모두 투자 자산만 사는 건 아니다. 갑자기 무슨 일이 생길지 모르기 때문에 불행을 위한 통장에도 일정 비율로 돈을 남겨둔다.

크지 않은 돈이라도 조금씩 비상용 현금을 모아 두어야 갑작스러운 실직으로 인한 생활비, 고액의 병원비 등에도 당황하지 않고 생활이 유지된다. 이 모두는 과거에서 배운 것으로 이를 대비하니 안정감이 하나 획득된다. 그 다음이 무근로 자동소득발생을 위한 투자로 두 번째 안정감이 생긴다. 이 안정감을 모두 자립이라는 말로 바꿔도 어색하지 않다.

누군가 돈을 좇으면 돈이 붙지 않는다고 했다. 아마 돈을 위해 자신과 세상을 속이는 사람들에게 하는 말이겠지. 돈이 나를 따라오게 하라는 말은 돈에 연연하지 말고 재미있게 일하다 보면 자연스레 돈이 벌린다는 의미일 테고. 그런데 요즘 나는 돈을 좇고 돈에 대한 생각을 많이 한다. 일과 소비에서 일과 현금 흐름으로 생각의 구조가 완전히 바뀐 채, 나 대신 돈이 어떻게 일하게 할지를 고민하고 있다.

젊은 시절의 100만 원과 나이 들어서의 100만 원은 그 가치가 다르다고 흔히 이야기한다. 몸이 아프거나 나이 들면 돈을 벌지 못하고 미래의 기대소득이 없으니 지금 쥔 돈이 천금의 값어치를 지닌다. 나이를 떠나 백수 상태로 모아 놓은 돈을 까먹으며 생활해 봤을 때의 나도 충분히 알 만큼. 지금 내가 다니는 회사 사람들의 평균 나이는 적지 않다. 젊은 층도 있으나 사내에는 상대적으로 고령자들이 많은데 업무 능력이 있고, 정리 해고를 비켜 가고, 심신이 건강해야 하는 최소 3가지 조건을 두루 갖춘 이들이다. 나도 적지 않은 나이라고 여기지만, 평균으로 보면 젊은 축에 속한다.

과연 우리는 월급 생활자로 언제까지 살아갈 수 있을까. 나는 일하는 삶이 익숙하고 당연하지만 동시에 일을 위해 살아갈 생각은 추호도 없다. 삶을 즐기고 싶지 필요 이상의 돈을 갖는 것을 목적으로 내 생을 허비하고 싶지 않아서다.

자유를 준비하는 지금은 평생의 비상금을 모으는 기분으로 절약과 투자를 한다. 그런데 그다음은? 최소한의 비용으로 자유의 가격을 매긴 다음, 여유롭고 게으른 시간 낭비자가 된다 해도 또다시 스미는 불안이 있다. 내가 필수적인 지출만 고르고 골라 아끼고 아껴 납작하게 만든 최소비용으로는 생존은 하겠지만, 삶의 질을 지금처럼 유지하지는 못한다. 어디까지나 선택 사항이긴 하지만, 일상 만족도가 걸려 있는 문제다. 나는 물건을 많이 사지 않는 대신 일상용품은 품질을 따져 구입하는데, 만약 돈을 한 푼도 벌지 않으면서 월 120만 원으로 살아가야 한다면 모든 물건의 수준을 지금보다 낮춰야 한다. 프랑스 브랜드의 고급 샴푸와 수년째 사용하고 있는 역시 값비싼 헤어오일, 스위스에서 수입한 칫솔은 커다란 사치다. 물가는 계속 오름세일 테니 이 또한 염려되는 부분이다.

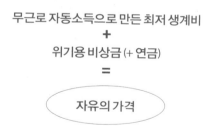

무근로 자동소득으로 만든 최저 생계비
+
위기용 비상금 (+ 연금)
=

자유의 가격

이 공식만으로는 충분치 않다. 큰 사치는 하지 않더라도 최소한 지금 수준의 삶을 유지하려면 출퇴근 일이 사라져도 부업은 필수다. 마치 자유를 사게 되면 앞으로 일을 전혀 하지 않을 사람처럼 굴지 말라는 소리다. 나는 손에 잡히는 듯한 최저비용 자유실현이라는 착각에서 벗어나 여전히 시간을 팔아 노동과 투자를 하면서 미래의 업을 상상한다.

Chapter

4

나의
부업 이야기

백팩을 메고 떠나는 여행

제주 웰니스 리조트 한 곳에 나의 전작인 『요가 숲 차』
가 객실마다 배치되는 이벤트가 생겨 갑자기 제주에 가
게 되었다. 어떤 여행 가방을 들고 갈까 고민하다 백팩
으로 결정. 주말이 오면 늘 백팩을 메고 도서관에 가는
데, 한쪽으로 메는 가방에 책과 노트북을 챙기면 어깨
피로와 몸의 틀어짐이 생겨서 학교를 졸업한 이후 오랜
만에 다시 백팩을 애용하는 중이다. 확실히 편하다.

이제 출장 짐을 싸볼까. 여행용이 아닌 보통 크기 가방
이지만, 여름에 떠나는 1박 2일 짐이라면 가능해 보인
다. 가방의 크기를 우선 정하고 나니 짐은 정말 필요한
최소한의 것만 넣게 된다. 평소 여행 기간에 따라 캐리
어나 최소한 위클리백에 짐을 싸곤 했는데, 안 쓰고 다
시 가져오는 물건도 허다했다. 작은 백팩에는 이마저도
없으면 인간의 존엄이 해쳐지는 수준의 필수품만 골라

담는다. 제주에서 요가할 때 입을 운동복 한 벌과 잠옷
인 흰색 면 티셔츠 한 장, 여벌의 속옷과 세면도구, 보습
제와 선크림 그리고 립밤 하나. 그 와중에도 존 버거의
책 한 권과 글 쓸 도구만큼은 가장 먼저 담았다.

마흔 살에 처음으로 가장 가벼운 짐으로 길을 떠나니
진짜 청춘이었을 때는 결코 알지 못했던 젊음을 느낀다.
공항에서 체크인할 때 부치는 수화물이 없고, 제주에 도
착해 도내버스를 타도 번거롭지 않았고, 햇볕 쨍쨍한 길
을 걷기에도 손이 한가로워서 양팔을 앞뒤로 마구 휘저
으며 걷는 즐거움도 있다. 까만 현무암 돌담길 사이로 대
조적인 새파란 하늘과 구름을 보며 걷자니, 도시에서 꽉
막혀 있던 숨통이 탁 트이면서 자유로움이 가득 차오른
다. 굉장한 구경거리를 우연히 마주할 때보다 걷다가 문
득 거슬릴 게 없는 마음을 자각할 때, 나는 벅차오른다.

프란츠 카프카는 보험회사에서 22년간 일하고, 퇴근 후
소설가로 살며 후대에 길이 남는 작품을 써냈다. 나는
오래전부터 카프카처럼 살고 싶었다. 하고 싶은 일만 하
면서 생계도 해결하는 사람이었으면 좋았겠지만, 나는
글만 써서 먹고살기 힘들다는 걸 갓 어른이 된 나이에

알았다. 나로서는 가장 현실적인 방법이 카프카처럼 하고 싶은 일과 생계를 양립하는 인생 설계였다.

어제 퇴근하고 바로 나의 역할을 회사원에서 작가로 갈아입고 출장 짐을 싸는 것처럼, 새로운 업무 자아로 나를 자연스럽게 바꾸는 것은 오랫동안 해온 일이라 익숙하다. 대신 이렇게 잠음 없이 두 가지 역할을 소화하기 위해 나는 각각의 직업을 삶에서 철저히 분리한다. 회사에 가면 작가로서의 나의 자아는 완전히 사라지고, 작가로 일할 때면 회사원인 나를 잊는다. 이 모든 일이 나 자신이라고 동일시하지 않으면서 동시에 나라고 생각하는 오묘한 중심 잡기도 마찬가지다.

직장은 언제든 바뀔 수 있고, 내가 작업하는 원고는 출간과 함께 내 관심에서 사라진다. 그러나 내 역할과 프로젝트가 바뀌거나 사라진다 해서 내가 없어지는 것은 아니다. 언제나 다른 것으로 대체된다. 애정을 쏟았든 아니든 몰두했던 일이 사라지는 경험은 상실감과 공허함을 가져온다. 그토록 무섭고 눈치를 보게 만들었던 상사가 퇴사 후에는 아는 사람이 되고, 업의 무대에서 내려오면 죽이 잘 맞았던 동료는 친구로 남고 싫어했던 동료는 타인일 뿐이다.

작가로서의 일도 마찬가지로 책에 대한 호평이 있으면 혹평도 있고, 한 권의 책이 끝나면 언제나 다음 책이 기다린다. 그러니 오늘도 공과금을 낼 돈을 벌면서 재미도 있으면 좋지, 하는 마음이 최선이 되어 힘든 날은 버티고 좋은 날은 즐기고 있다.

웰니스 리조트에서 요가 수련을 하고 저녁 식사를 한 다음, 조용한 숙소의 책상에 앉아 이 원고를 쓰다 책을 읽는다. 출퇴근 회사원으로서의 나는 그토록 워라밸에 집착했음에도, 작가로서의 나는 일과 생활을 분리하지 않고 내키는 대로 일한다. 일과 생활의 분리가 없는 삶이 궁극적으로 내가 원하는 바였나. 남이 시켜서 하지 않고, 내가 원해서 하는 일을 할 때 맛보는 시간관념이 깨지는 자율성. 하고 싶은 일을 할 때 사람은 시간도 잊고 내가 누구인지도 잊고 순수한 몰입을 경험한다. 그때부터는 돈벌이가 아닌, 돈을 받는 취미 생활이라 불러도 과언이 아닌 일이 시작된다. 백팩을 메고 자유롭게 돌아다니며 어디에서든 일하는 프리워커로 살 수 있을까, 그런 의문이 드는 밤이다.

내 자리는 내가 만든다

서울이 아닌 곳에서 강연 의뢰가 자주 들어오던 시기에 나는 강사의 역할을 하느라 다소 바쁜 부업의 시간을 보내던 중이었다. 지하철을 1시간 30분씩 타고 인천시에 가고, 2시간이 채 되지 않은 강연에 비해 하루 종일을 비행기와 KTX를 타는데 보냈던 울산시, 시외버스를 타고 고속도로를 질주했던 충청남도 해미 등. 출장이 아니었다면 가볼 기회가 없었을 지역인데 나는 이야기를 파는 전기수처럼 곳곳을 돌아다닌다. 나의 쓰기에서 파생한 부업이 전국을 대상으로 펼쳐질 수 있음이 마냥 신기하다. 감정적인 기준으로 쓰기는 언제나 나의 첫 번째 직업이지만, 소득 수준으로 본업과 부업을 나누는 세태에 따르면 쓰기는 나의 부업이다.

나의 부업 파이프라인(현재)

부업의 시간: 평일 새벽 5시 30분부터 1시간, 지하철 이동 시간, 주말과 공휴일, 때로는 휴가.

보유 기술: 아직까지는 읽기 > 쓰기 > 말하기 기술 정도가 전부.

부업 1: 수필가(경력 20년, 책 9권 출간)

나는 스무 살부터 글을 써서 돈을 벌었다. 아르바이트로 지역의 작은 예술 신문에 토막글을 쓴 게 가장 처음 글을 팔아 돈을 번 경험이다. 친오빠가 입학 선물로 사준 컴퓨터와 당시 한창 보급되던 인터넷이 집에 깔리자, 내 글쓰기 커리어에 혁명적인 속도가 붙었다. 특히 인터넷은 내게 작가로서의 길을 열어 줬는데, 당시 지방에 살던 나는 이렇다 할 기회를 잡기 어려웠음에도 블로그를 개설하고 칼럼니스트란 자아를 설정, 패션 칼럼을 꾸준히 쓰다 보니 조금씩 알려지게 되었다.

방문자 수가 점점 늘었으며, 내 글이 블로그 메인에 소개되는 날도 여러 번 있었다. 블로그에 모아 놓은 글을 포트폴리오로 삼아 웹 매거진의 외부 기고가로 일할 기회를 잡기도 했다. 모두 대학생 때부터 시작한 일이다. 원고료는 적었지만, 좋아하는 일로 돈을 버는 매력적인 부업을 만든 셈이다. 구두 주제로 글을 4년 이상 올리고 있던 내 블로그를 발견한 한 출판사의 제안으로 첫 번째 출간 계약을 하게 되었다. 이후로도 블로그에 쓴 글 때문에 여러 출판사에서 연락을 받았다.

부업 2: 강사(작가에서 파생된 일, 누적 강연 횟수 40여 회)

작가가 글만 팔아서 생계비를 버는 경우는 극히 드물다. 강연을 해야 수입이 보충되는데, 글을 쓰는 사람들 성향은 대체적으로 내향적 기질이 강하고 나 역시 내향인이라 남들 앞에 서는 게 쉽지 않았다. 꽤 예민한 성격을 이겨내고 강사용 자아를 만들어 서글서글한 사람으로 변신한다. 그래서 "(엄격함이 느껴지는) 글과 다르시네요, (목소리가) 귀여우세요"라는 독자의 반응을 정말 많이 받았다.

모든 사람은 다면적이며, 입체적이다. 아마 숨어 있는 내 성격 중 하나가 부각된 것이리라. 1년에 몇 번 되지는 않으나, 섭외가 들어오면 가급적 하고 있다. 의뢰 기관은 주로 도서관, 소규모 기업, 문화센터, 가끔 학교도 있다. 처음 강연은 대본을 보고 말할 정도로 서툴렀다. 청중과의 소통이 없었는데 업력이 쌓이고 쌓이니 눈을 마주치고, 적절한 농담도 하고, 대본을 준비하지 않고 즉흥적으로 내용을 푼다. 강연이 끝나고 나면 아쉬운 부분도 많이 보여서 계속 다듬어 나가며 하는 부업이다.

부업 3: 투자자(경력 3년)

내가 증권사의 금융 상품을 사지 않고 공부해서 직접 투자하며 수입을 만들고 있기에, 투자자 역시 부업으로 넣었다. 배당주 투자 이전에는 마이너스 현금 흐름을 만들었기에 손실을 보기도 했지만, 이 역시 점점 더 나아질 거라 믿어 의심치 않는다.

내가 만든 모든 부업은 스스로에게 이름을 부여하고 나서야 비로소 내 것이 되었다. 지금껏 가져 본 어떤 직업도 누군가 강요해서 시작하지 않았던 것처럼, 모두 과거의 내가 택한 업이다. 대학생 때 스스로를 패션 칼럼니스트라고 명명했듯이, 나는 삶의 많은 영역에서 누가 기회를 주길 기다리기보다 기회를 직접 만드는 사람이 되는 편이 더 흥미롭고 빠르게 내가 원하는 일을 하는 방법이라고 믿는다.

지금 하는 일만도 벅차서 훗날 프리워커로서의 나는 무슨 일을 할지, 또 미래에 얼마를 벌겠다는 숫자적 목표는 아직 없다. 그런데 일을 안 한다는 선택지 역시 없다. 자유를 사고 난 후 많은 시간을 무엇으로 채울지 얼핏 고민해 보면, 일밖에는 떠오르지 않는다. 여전히 구미가 당기는 시도로 삶을 채우고 싶다는 욕심에, 가끔 내가 할 수도 있을 만한 일이 보이면 주저하지 않고 진로 상담을 하며 또 다른 부업거리를 찾기도 하고.

"저는 쓰기보다 읽는 것을 더 좋아하는데, 교열 일도 할 수 있을까요?"라고 교열 선생님께 조언을 구한 적이 있다. "흥미로 읽는 글과 달리 틀린 어법이나 단어를 잡아

내는 읽기는 즐겁지 않을 수 있어요"라는 말이 유독 맴돌았는데, 이후 나는 편집자로서 다른 사람의 책을 만들어 보면서 읽기를 절반쯤은 직업으로 삼아도 봤다. 타인이 쓴 문장을 뜯어고치고, 틀린 내용을 잡아내는 과정이 그리 즐겁지는 않았지만, 한 권의 책을 완성하는 과정 전체를 경험한 덕분에 시야가 넓어졌다. 출판 편집자의 업무 과정을 이해하게 되었고, 작가의 든든한 파트너인 편집자들의 고충을 작게나마 알 것도 같았다.

어느 날 세탁소를 지나다가 구름처럼 뭉게뭉게 피어오르는 수증기를 보며 동화 스토리 하나가 머릿속에 그려졌다. 내가 중단한 그림 그리기 독학, 그리다 만 너구리 카페의 그림 파일이 머릿속에 둥실둥실 떠다니며, 앞으로 시간이 넉넉하다면 삽화가 역시 못할 일도 아니라는 자신감이 샘솟기도 했다. 내게 이름을 부여하고, 아주 작은 야심을 가지고 일단 시작, 그리고 반복하다 보면 언젠가는 과거의 내가 원했던 엇비슷한 꿈을 실제 이루게 된다는 것. 직업을 스스로 창조해 냈던 지난날의 내가 알려 준 귀중한 삶의 교훈이다.

쓰는 사람의 그다음 일

다시 소설가 프란츠 카프카의 이야기를 하자면 그는 오전 8시 출근, 오후 2시에 퇴근했다고 한다. 풀타임 노동자면서 근무시간이 고작 반나절가량이라니 정말 부럽다. 내가 프리워커가 된다면 카프카처럼 하루 최대 6시간 미만으로 일할 예정이지만, 아직은 모를 일이다. 내가 무슨 일을 업으로 삼을 줄 알고 미래를 단언한단 말인가. 계속 쓰기 노동을 할 생각이라면 이상적인 근무시간이지만, 사실 쓰기만으로 돈을 번다는 보장은 없기때문에 나도 출퇴근 자유를 사고 난 다음 어떤 일을 할지 고민이다. 회사 생활을 심적으로 편안하게 계속할지도 모를 일이고.

생계 걱정을 덜어내면 미래가 무한대로 열려 있다고 믿었지만, 삶은 의식주가 전부가 아니며 의식주'행'까지 있어야 완성되는데, 행의 가장 큰 줄기를 차지하는 나의 지적 욕구는 큰 비용을 들이지 않아도 책만으로 충분히 채울 수 있다. 다만 보다 선명하게 살고자 한다면, 또 아직은 충분히 일할 기력이 있으므로, 하고 싶은 일을 해서 번 돈으로 문화적으로 더 풍성한 경험재를 누리는 방향을 마다할 이유는 전혀 없다.

뉴스도 듣고 영어 공부도 하려고 팟캐스트를 시간 내어 듣고 있던 중, 우연히 추천 팟캐스트 목록에서 팀 패리스 쇼를 보았다. 『타이탄의 도구들』의 작가가 팟캐스트를 한다니! 반가운 마음에 얼른 구독했는데, 리뷰를 남긴 이들만 15만3천 명. 역시 글로벌 베스트셀러 작가의 위엄이 느껴진다. 그리고 보니 엘르 보이스에서 읽은 황선우 작가의 이야기도 떠오른다. 작가 역시 팟캐스트 〈여둘톡〉을 운영한다. 애플이 선정한 '2022년 가장 사랑받은 팟캐스트'에도 뽑힌 인기 채널이라고 하는데, 황선우 작가는 잡지 기자에서 작가가 되고, 팟캐스터까지 쭉쭉 성장해 나가고 있었다.

짧은 기고문에서는 "글 써서 받는 원고료를 뻔히 알잖아"라는 말이 나오는데, 25년 경력을 가진 이에게도 쓰기의 대가는 공평하게 적구나, 싶기도 했다. 본래 쓰기를 업으로 삼은 사람이 팟캐스터가 되어, 정해진 원고료 대신 자신이 책정하는 광고료가 수입이 되는 비즈니스를 만들었다는 점에서 멋진 사례였다.

꼭 작가뿐 아니라 주변의 종이 잡지나 책을 만드는 편집자들이 자신이 마지막 문을 닫겠다는 심정으로 일하고 있다고 말한다. 이렇게 인쇄물에 대한 사랑을 멈추지 않는 이들이 있는 반면에, 종이라는 매체의 물성을 떠나 여러 형태의 콘텐츠 사업을 시도하는 이도 있다. 아레나 편집장 출신인 박지호 대표는 영감의 서재를 운영하며 이솝, 펭귄북스와 같은 여러 브랜드와 협력해 공간에서 책을 큐레이션 하는 등의 일을 해나간다. 말로도, 공간으로도 확장해서 비즈니스를 만드는 이들은 모두 쓰기라는 틀에서 벗어나 기획자로 자신을 정의내렸기에 가능한 부분이 아니었을지.

정해 놓은 프레임 안에서 매일 비슷한 일을 반복하면 익숙함이 생기는데, 거기에서 만족하면 답보 상태가 된다. 수준을 높여 다음 단계로 나아가야 능수능란하게 업을 다루게 되지만, 보통 관성이 우리를 제자리에 머물게 한다. 이는 편안함을 추구하는 인간의 자연스러운 본성이다. 생존의 위협을 느끼지 않는 한, 어떤 자극으로 호기심에 이끌리지 않는 한, 왜 만족스러운 지금 상태를 벗어나야 한단 말인가.

나는 확실한 콘텐츠 비즈니스를 구축한 쓰기 산업 종사자들의 아이디어에도 끌렸지만, 쓰기라는 업의 관성 때문인지 책『사물의 중력』을 쓴 이숙명 작가의 방향도 좋았다. 내가 은퇴 목표로 세운 나이 즈음에 작가는 서울에서의 생활을 정리하고 발리에서 지내는 삶을 택했다. 상대적으로 물가가 저렴한 나라에서 살며 글을 쓰는데, 기고하는 양이 많아서 그런지 간혹 매거진이나 일간지를 읽다가 이숙명 작가가 쓴 글을 마주한다. 발리라는 배경까지 더해지니 자유롭고 또 자유로운 인상을 남긴다. 쓰기 고료가 아주 많지는 않아도 전 세계 어디에서든 일하기 매우 좋은 직업이기도 하다. 40대 중반 이후로 회사라는 틀 없이도 자신의 일을 하며 살아가는, 한때 쓰기 산업을 이끌었던 몇몇 인생 선배들의 행보에서 영감을 얻는다.

얼마 전 나는 새로 책을 출간하고, 출판사에서 마련해준 홍보 행사인 북클럽을 준비하면서 자료에 넣으려고 차 내리는 영상을 만들었다. 집에 온 손님한테 촬영은 부탁하고 아이무비로 편집을 하면서, 유튜브 검색으로 동영상 편집법을 익히는 신선한 경험이 즐겁기도 했다. 그러나 계속해야 한다면? 영상 콘텐츠가 글보다 훨씬 많이 소비됨을 알고 있었고, 업무상 기획과 진행을 여러 번 해보긴 했지만, 개인적으로 한다는 생각은 여전히 끌리지 않는다. 들이는 시간에 더해 촬영 장비까지 갖춰야 한다니, 그에 비해 글이란 얼마나 심플한가. 생각을 손으로 정리하고, 읽기 좋게 거듭 고치다 보면 끝나는 일이다. 나에겐 가장 편안한 작업 방식이다.

그러나 영상이 대세인 시대에 나는 언제까지 글만 고집할 수 있을까. 이런 고민 자체가 이 길에 대한 의문이 든다는 방증일 텐데, 일단 결론은 짓지 않는다. 다만 꼭 쓰기가 아니어도 어떻게든 해볼 만한 일은 무궁무진하다는 믿음만 내 안에 새긴다.

풀타임 예술가는
무슨 돈으로 빵을 사 먹나

잠재 부업 1: 본업에서 파생한 일. 관건은 마케팅 분야에서 나란 사람을 알리지 않아서, 회사를 떠나면 기존에 일로 알던 이들을 제외하면 공개적으로 의뢰받기가 힘들다. 이때는 창업하고 영업하는 길뿐이다. 흠… 지금보다 더 맹렬하게 달리는 풀타임 워커로 가는 지름길 아닐까.

잠재 부업 2: 쓰기의 영역을 넓혀 보자. 수필을 넘어서 다큐멘터리, 전기 그리고 동화 작가의 길도 빼놓으면 안 된다.

잠재 부업 3: SNS의 부활! 매년 한 권씩 단행본을 내다 보니 매일 쓰고 있어서 블로그에 글을 쓸 여력이 없지만, 출퇴근을 하지 않는다면 시간이 넉넉해지므로 반드시 블로그가 아니더라도 어떤 형태로든 디지털 출판물을 시도하겠다. 인플루언서가 되면 광고 수입 외에 여러 협업 제안으로 돈을 벌게 된다.

색다른 부업 모색: 이제까지 하지 않았던 일. 또한 '국어'를 벗어난 일에 도전하기. 지금은 마음을 다스리는 명상이나 차에 대한 관심이 크다. 시대를 이끄는 가장 큰 흐름인 IT에 대한 관심도 여전하다. 단지 금융 공부와 유사하게 내 머리로 쉽게 이해하기는 어렵지만. 그래도 모르고 살다가 뒤쳐지면 어떡하나, 하는 걱정이 크다.

계획주의자는 자유를 사고 난 다음, 홀로서기의 미래를 꿈꾸며 요모조모 잠재력 있는 부업 목록을 적는다. '나는 앞으로도 더 많은 종류의 직업을 모으고 싶다. 무근로 자동소득으로 생계비를 해결한 다음의 일은 재미를 벌고 싶다. 무보수 일은 거절이지만, 하기 싫은 일을 돈 때문에 억지로 하며 나를 괴롭힌다거나 특히 과로는 절대 없다. 프리워커가 되겠다는 나의 계획은 재미로운 부업 여럿 도전하기. 탐구심으로 가득 찬 또 다른 자아가 바라는 바는 돈벌이 여부를 계산하지 않고 관심 가는 분야를 깊게 공부하기…' 잠깐, 그만 연상하자. 부업에 공부까지 하고 싶다고? 지금보다 더 혹독하게 나를 몰아붙일 궁리를 하면서 호기롭게 자유를 외치는 내가 우습다. 이 모두가 내게 주어진 시간으로 가능할 리 없다.

머릿속 생각을 꺼내어 정리하면서도 나 자신을 의심한다. 결론은 내가 포보Fear Of Better Option 증후군에 걸렸다, 라고밖에. 포보라는 신조어는 결정의 순간 최선을 다하는 사고방식이며, 완벽한 답을 찾으려 들면서도 모든 선택지를 열어 두는 것이다. 한마디로 선택지가 너무 많아서 더 좋은 옵션을 놓치면 어떡하지, 하는 불안 심리다. 은퇴 후의 업을 벌써부터 고민하지만, 나는 이 포보를 버리지 않으면 오히려 아무것도 하고 싶지 않은 상태가 될 거라 확신한다. 계획대로 되는 날이 드물듯이, 수없이 많은 변수 앞에서 지나치게 펼쳐 놓은 선택지가 나를 더 피로하게 만든다.

나의 일 욕심은 생계형 노동자로서 위기의식이 늘 함께해서 벌어진 촌극이다. 젊은 시절 내내 끊임없는 고용 불안에 시달렸다. 실직도 해보고, 월급도 떼여 보면서 길러진, 어느 하나 단단한 기반이 없던 지난날의 내가 생존 전략으로 쉼 없이 돈벌이를 찾아 헤매던 습관 때문에. 나는 정말 글을 사랑했던 걸까, 아니면 글을 써서 돈을 번다는 이유로 쉬지 않고 쓰다 보니 계속 쓰게 된 걸까.

20년 전에 처음 글을 썼을 때 원고료는 페이지당 혹은 건으로 책정되었고, 지금도 마찬가지다. 나는 갓 글을 썼던 시절에는 A4 1장 정도의 원고 한 편에 1만 원을 받기도 했다. 그건 곧 5만 원이 되었다. 대학생이던 내가 글을 쓰고자 웹진 등에 지원해서 얻은 비용은 그뿐이었다(20년 전 이야기이다). 그러다 쓰는 일을 오래 하다 보니 지금은 물가상승률도 있지만 경력이 쌓여 그 몇 배가 되었고, 의뢰인에게 받은 제안 내용과 책정 비용에 따라 일을 할지 말지 결정하는 선택권도 있다. 20년 동안 쓰기를 그만두지 않았기에 영업을 하지 않아도 일이 들어오는 단계가 된 거다.

나의 글쓰기는 태생부터 밥벌이였다. 스무 살에 블로그를 열고 클릭을 많이 얻을 만한, 한마디로 관심을 끌 만한 글을 쓰던 나는 당시 웹에서 인기 콘텐츠를 수집하던 이야기맨(댓글을 남겨 놓은 닉네임이 그랬다)이 네이버 메인에 여러 번 소개해 준 덕분에 파워블로거에 가까워졌고, 출판사에서 단행본 출간 제의를 받아서 냉큼 '저자'가 된 것뿐이었다. 쓰기 커리어가 처음부터 탄탄대로를 달렸더라면 좋았겠지만, 내게 주어진 삶은 그렇게 호락호락하지 않았다.

처음 손을 내밀었던 작은 출판사가 망해서 연락이 안되었고, 새로운 출판사를 만나기까지 전전긍긍했던 시간이 있었다. 우여곡절 끝에 낸 첫 번째 책은 흥행하지 못했고 두 번째는 기대하기 어려웠다. 내 이름을 새긴 책이란 살다 보면 한 번쯤 생길 수 있는 커다란 운이자 추억거리로 두고, 나는 다시 블로그에 글을 썼다. 글이

고팠기 때문에 썼는데, 그건 늘 생각이 무거운 내가 마음을 보살피는 방식이기도 했다. 마음을 투명하게 드러내 놓은 글이 더 많은 관심을 받을 줄은 몰랐지만, 결국 자연스럽게 더 나은 삶을 살기 위한 분투를 다루는 자기 계발형 에세이 '작가'의 길을 걷게 되었다.

블로그가 없었다면 나는 작가가 되지 못했다. 반드시 블로그라기보다 내 글이 검색으로 수없이 많은 사람들에게 노출된다는 점에서 기회를 만들었다. 여전히 X(구 트위터)와 유튜브를 포함하여 인터넷에서 인기를 얻고 있는 절반쯤 검증된 이들에게 출간 제의를 하는 편집자들이 많다. 어떤 유형의 창작자이든 대중에게 드러내길 주저한다면 자신의 예술은 취미에 그치게 된다. 예전처럼 권위 있는 기관에 나의 작품이 간택 당하길 기다리면 안 되는 창작 생태계다. 내 창작물로 돈을 벌고 싶다면 부끄러워하지 말고 세상에 드러내기를. 나는 블로그 덕분에 많은 것을 배웠고, 글로 돈을 버는 프로 작가가 되었다.

버지니아 울프의 '여자가 글을 쓰려면'을 위한 조건, 자기만의 방(법론)에 오늘날의 상황에 맞춰 하나 더 추가

해 본다. 업의 관점에서 살펴보면, 자신의 비즈니스를 설계하고자 하는 풀타임 또는 파트타임 예술가라면 디지털 채널 소유하기가 우선 과제다. 수많은 SNS 중에 하나쯤은 공을 들여 가꿔 나가길. 여전히 나는 어스름한 새벽 무렵 일어나 글을 쓰고 출근해 돈을 버는 나날을 보낸다. 사실 최소욕구생활비라는 발상은 풀타임 작가로 일하고 싶다는 바람에서 비롯되었다. 쓰기를 멈추고 싶지 않은데, 결국 출근 준비를 해야 하는 순간이 때때로 아쉬웠기에.

퇴사는 홀가분하지만
미래는 막막해

평일 오후 지하철에서 전혀 모르는 60대 아저씨 두 분의 이야기가 귀에 들어온 날이 있었다. 한 분은 아는 사람이 넣어 준 회사에서 다시 월 300여만 원을 받는 회사 생활을 시작했다고 하고, 다른 분은 전기기사 자격증을 땄다고 했다. 두 분의 대화는 정년퇴직 이후에 다시 취업하거나 일을 하는 주변 사람들의 근황으로 이어졌다.

이게 바로 나의 미래인가? 그분들의 관심사와 나의 관심사는 크게 다르지 않다. 어떤 형태로든 은퇴 따위 없이 계속 일할 수 있을지다. 지금 자리는 늘 위태롭고 언제나 제2의 인생을 분주하게 찾는데, 그런 행동 자체가 안심을 부를 만큼 우리에게 약속된 미래는 없다. 내가 꼭 중년이어서가 아니라 사회초년생일 때도 회사에 다니면서 이곳이 정착지라는 생각을 해보진 못했다. 정년이 보장되는 일이 결코 아니었기에 늘 다음을 준비해야 한다는 압박감이 대단했다. 단기적으로는 여기가 아닌 다른 회사로 떠날 준비, 장기적으로는 결국 내 일을 해야 한다는 결론을 내리지만 안타깝게도 언제나 제자리를 맴돈다.

얼마 전 프리랜서로 일하는 친구와 평일 노천카페에 앉아 햇살을 받으며 몇 시간이고 미래에 대한 대화를 나눴는데, 친구가 회사를 떠난 이유가 꽤 명료했다. "이제 하청 받아서 하는 일은 하고 싶지 않아. 누가 이래라저래라 시키는 일은 하기 싫어." 친구는 "나는 내 일처럼 한단 말이야. 대충 하지 않고, 그 장소에 찾아가서 미리 스터디하고, 여하튼 더 완성도 높은 콘텐츠를 만들려고 하는데 일의 가격은 동일해. 그게 분하고 싫어"라고 말했는데, 투철한 직업 정신이 동일한 가격의 공산품처럼 취급당하고, 결국 나의 노력이 내 재산이 아닌 다른 회사에 귀속되는 하청 일거리에 아무 애정도 느낄 수 없다는 것이 요지였다.

커리어가 쌓이고 쌓이면 업무에서도 자립하고 싶은 시

기가 온다. 회사에 남든 창업을 하든 결국 내 일을 하고 싶은 때. 대화 내내 지금의 즐거움과 과거의 슬픔과 분노도 있었지만, 거기에는 미래를 상상하며 쓰는 시간의 지분이 훨씬 많았다. 나의 미래는 어떤 모습일까, 10년 뒤, 20년 뒤의 나는? 보통 마음속에 뚜렷하게 연상되는 모습이 있어야 원하는 대로 된다고 하는데, 나 역시 그런 경험이 있어 그 말이 진짜임을 안다. 그런데 요즘의 나는 아직 내 미래가 그리 선명하게 보이지 않는다. 그게 단순히 특정한 일 없이 살기에 돈이 충분치 않다는 문제인지, 모든 자극에 무뎌진 후 편안함이라는 외양을 뒤집어쓴 안일함이 문제인지는 모르겠다. 혹은 둘 다이거나.

가끔 현실의 답답함을 덜어내 보고자 집 주소지와 회사 사무실 주소지의 구청 홈페이지에 들어가 새 소식을 뒤지며, 참여할 만한 교육 프로그램이 있는지 가볍게 훑어보곤 한다. '자전거 교실 수강생 모집'. 이거다 이거! 눈을 빛내며 내용을 다시 보는데, 초급과 중급 각각 5일 코스로 먼저 경찰서 안전계에서 이론 수업으로 자전거 관련 교통법규와 안전 수칙을 배운 다음, 자전거의 구조와 기능, 안전 주행법을 실습하는 커리큘럼이다.

이 교육을 마치면 과연 바퀴가 굴러가는 진짜 자전거를 탈 수 있는 건가? 어쨌든 정말 솔깃하다. 홀로 늘 도시로만 여행을 간다. 시골이나 섬이 싫어서가 아니라 교통편이 불편해서 가지 못한다. 1시간 간격의 군내버스를 기다리느니 목적지까지 걸어가는 편이 더 빠르며, 운전면허도 없는 나에게 시골은 차가 있는 이와 함께 해야만 갈 수 있는 특별한 곳이다.

나는 바퀴 달린 모든 것을 운전하지 못한다. 바퀴 달린 기계에 대한 공포가 있는데 사고를 낼 거 같아, 몸이 다칠 거 같아, 이런 막연한 공포심이 나를 엄습한다. 스스로 만든 편견에 갇힌 채 익숙함에 몸을 기댄다. 그러나 언제까지 무서워만 할 건가. 나에게 단 하나의 희망이 있다면, '나는 못해'라는 지레짐작 위로 '그래도 해볼까'라는 약간의 용기가 덧입혀진다는 점. 호기롭게 교육 신청을 해보려 하지만 이런, 아침 9시 수업이다. 출근을 해야 하니 안 된다. 환경, 기후변화에 관심 있는 사람이면 누구나 신청할 수 있다는 무료 교육 역시 평일 오후 2시에 진행한다. 머릿속에서 미래에 환경 분야 컨설턴트로 활동하는 내 모습이 이내 연기처럼 사라진다. 그 이후부터는 미래에 대한 공상이 아닌, 흐트러지려는 집중력과 싸우며 주어진 일을 할 뿐이다. 가끔 영원토록 이어질까 두려운 정신노동의 시간이다.

직업이 없으면 누군가를 정의 내리기 어려운 시대에 살면서 특정 직업을 갖지 않는다는 선택지는 조금 어렵다. "어떤 일 하세요?"라는 말에 "놀아요"라고 답하면, 뒤이어 예전에는 어떤 일을 했었냐고 물어볼 테고, 이때의 답이 시원치 않으면 전공이라도 물어보며 사람을 파악하는 것이 오늘날의 탐색전이다. 내가 어떤 일을 해왔고, 어떤 관심을 갖고 있는지는 직업 하나만 알면 거의 유추하므로, 사회적 신분을 담는다는 의미에서 직업이 필요한 경우도 있다. 돈벌이, 자아실현, 사회적 위치, 소속감 등 퇴사 혹은 은퇴든 일을 떠나고 나면 우리가 한때 가졌던 일의 모든 기능이 없어지니 상실감이 밀려와 행복한 백수로 살기 어렵기도 하고. 청년이든 노인이든 모두 결국 어떤 일이 필요하다.

Chapter
5

외식
생활자의
달리기

자기 관리를 멈추면
자기 혐오가 시작된다

가장 큰 우아함은 단련된 몸에 있다. 말하지 않아도 몸에 밴 기품이 자연스럽게 흘러나오며 분위기를 만드는 사람. 타고난 것, 배워 온 것, 한 사람이 가진 생각마저 모두 몸의 언어가 말해 준다. 그건 너무나도 정직해서 어떤 사람을 단번에 파악하게 만든다. 쉽게는 첫인상이라고도 부르고, 누군가 가만히 있어도 저절로 눈길이 갈 때는 존재감 있다고도 말한다.

반면 나는 겉모습이 내뿜는 기품이나 우아함을 갈망하기란 커다란 사치고, 절실한 생존 문제에 처했다. '죽지 못해 산다'라는 말이 늘 떠오르던 나날, 기간 한정 갱년기라고 이름은 붙였지만, 처음 경험하는 쾌속노화로 삶의 질이 매우매우 떨어졌다. 매일 아침, 불면의 밤에 시달린 끝에 일어나 푸석한 얼굴로 마지못해 선크림만 겨우 바르고서 무거운 발걸음으로 출근하던 나날들. 살아 있으나 살아 있지 않은 사람, 마치 좀비 같았다.

그런 무기력한 나날의 끝 무렵에 밖으로 보이는 내 모습이 꽤 초라했는데, 하루에도 몇 번씩 '오늘은 퇴사하겠다고 말하자. 산 입에 거미줄 치겠는가, 몸이 힘들어서 더 집착하고 있는 최소욕구생활비로 이루는 경제적 자립 같은 꿈은 포기해도 괜찮다. 이러다 관 속에 먼저 들어갈 거 같은데' 하는 생각에 사로잡혔다. 그러나 죽으라는 법은 없는지, 또는 몸이 회복하는 모양새인지 열흘 정도를 개운하게 자고 일어나자, 나는 이제 때가 되었음을 직감했다. 운동할 때. 자는 동안 심장도 쉬고 몸의 피로도 풀어지고 하는데, 그런 회복이 부족한 몸으로 심장에 무리되는 운동을 하면 과로사 위험이 있다고 한다. 사실 기력이 없으니 그동안 자연스레 운동과 멀어지기도 했다.

양말을 벗으니 왼쪽 엄지발가락 옆에는 물집이, 오른쪽 엄지 부근에는 굳은살이 배겨 있다. 1시간 동안 6km를 쉬지 않고 뛴, 첫 번째 러닝의 흔적이다. 따뜻한 보이차를 한 단지 우려 옆구리에 끼고 출근하는 길에는 뒷벽

지의 당김이 예사롭지 않았지만, 가방 안에는 저녁 수련을 위한 요가복도 챙겼다. '나는 아무 생각 없이 무조건 운동하는 하루를 보낼 거야'라고 중얼거린다. 마치 노인처럼 살았던 약 1년에 대한 울분을 토해 내듯 단기간에 여러 운동을 시작한 거다.

기회가 되면 누워 지내며 와식 생활을 하던 때의 나는 급격히 떨어진 체력과 늘어난 군살 그리고 탄탄함을 잃어 가는 몸 곳곳이 걱정거리로 남아 삶이 메말라감을 온몸으로 느꼈으니, 다시 '푹잠'을 잔다는 자체가 내겐 천금 같은 상황. 안 해도 되는 이유를 그만 찾고, 그만 변명하고, 내일로 미루지도 말고 일단 오늘의 몸 상태를 상중하로 나누고, 이에 따라 밖으로 나가 걷거나, 요가 매트 위에 서거나, 한강을 끼고 달린다.

기초체력이 낮은 사람에게 의욕이란 액세서리와 같다. 누가 100년 된 집을 사들여 공간을 개조해 사업을 벌일 거다라고 하면, '우와, 멋지다. 그런 체력이 있다니' 하는 마음이 우선 든다. 자수성가한 부자치고 체력이 안 좋은 사람은 찾아보기 어렵다. 병약한 사람이 큰일을 할 에너지가 있을 리가. 나는 물리적 힘이 드는 모든 프로젝트를 커다란 벽처럼 느낀다. 세월이 흐를수록 도전하지 않고 안주하는 사람들의 이면에는 아마도 기운 딸림이 강하게 자리 잡고 있어서일 거라고 생각한다. 내가 겪은 갱년기에 할 수 있었던 일이라곤 그나마 평소 해왔던 글쓰기… 이조차 수면 부족으로 인해 머리가 뿌옇게 흐려지는 날이 많아서 힘들었다.

돌이켜보면 갱년기로 유발된 불면증을 핑계로 와식 생활을 정당화한 것도 있다. 오늘만 누워 있고, 내일은 움직일 거야. 늙으면 원래 자연스럽게 이렇게 되는 거야. 배가 나오고, 군살이 마구 붙고 그런 거야. 하지만 친구의 엄마는 꾸준한 운동으로 체형이 곧고, 군살도 없는 노년을 보내고 계신다고 했다. 내가 일로 알게 된 60대 초반의 음악 컬렉터는 탄탄한 근육과 곧은 자세를 가졌는데, 곧 런던 마라톤 대회에 출전한다고 소식을 전하기도 했다. 운동선수 출신도 아닌 일반인임에도 그저 오랫동안 운동을 한 끝에 취미가 깊어졌고, 국제 대회까지 도전하는 모습이다. 나보다 앞서 노년에 접어든 선배들의 행동은 나에게 말한다. 꾸준히 단련한 몸에 찾아온 나이 듦은 절대 초라하지 않다고.

나는 갱년기 증상을 겪게 된 후로 주변에 하소연을 하며 여러 어르신들의 사례를 수집했는데, 이 갱년기 증상은 사람마다 다르게 온다. 잘 모르고 넘어가는 경우도 많다는데 늙어서 그런가 봐, 로 무수한 증상을 무심히 넘기곤 해서 그랬을지도. 나는 확실하게 치료 부작용인 갱년기 증상임을 인지하고 있어서 모든 것을 예민하게 받아들였으니 더 온몸으로 반응했을지도 모른다. 결과적으로 체력 관리를 착실하게 시작해야겠다 마음먹은 계기가 되었으니, 결국 어둠 속에서도 한 줄기 빛을 찾은 셈이다.

만기 없는 체력 적금

은행 예금과 적금 이자는 다르다. 예금은 처음 맡긴 목돈에 계약한 금리로 이자를 주고, 적금은 매월 일정 금액을 넣지만 첫 달 이후 넣는 돈은 맡긴 기간이 짧아진만큼 이자를 덜 받게 된다. 그러니 돈을 불리려면 예금이, 목돈을 모으려면 적금이다. 그런데 돈과 달리 체력은 적금만 가능하다. 예금처럼 한 번에 쌓아 두고 만기 때 타먹는 구조가 아니라 매월 적금식으로 꾸준히 해야 체력이 유지 혹은 불어난다. 몸이 아파 운동을 쉬거나 해서 이달치 운동이 입금되지 않으면 그만큼 마이너스 잔고가 되며, 다음 운동 때까지 골골거리는 몸을 가지고 살아야 하기도 한다. 그러니 '기초머니'만큼 중요한 기초체력을 유지해 나가기 위해 나는 이번 달도 멈추지 않고 운동을 입금하고 있다.

내가 쌓아 가고 있는 최소욕구생활비를 달리 말하면 기

초머니라고 부를 수 있다. 기초머니는 최소의 의식주를 해결하는 생계비라는 더 대중적인 표현도 있겠지만, 내가 정의 내린 기초머니는 더 자세한 조건이 있다. 자본금은 줄지 않고, 내가 노는 시간에도 돈이 일을 하여 매달 일정하게 입금되는 현금이다. 단, 자산은 인플레이션을 방어하며 그 가치가 상승해야 한다. 쉽게 이루기 어려운 목표다. 그 돈을 지금 나는 소설 연꽃빌라 수준으로 월 120만 원이라는 구체적인 숫자로 잡아두었지만, 해마다 물가 상승으로 생활비가 올라가면 분명 달라질 돈이다.

엄밀히 말하면 내가 돈에서 완전히 자유로워지는 날은 빠르게 오지 않을 거다. 기초체력도 이와 비슷한 면이 있다. 돈처럼 살아가기 위한 기본인데 건강이 먼저냐 돈이 먼저냐 하면 흔히 건강이라 꼽지만, 돈이 없으면 건강을 잃기 쉬워서 이 둘의 우열은 가릴 수 없다. 동시에 쌓아 가는 방법 외엔 없다. 그래서 나는 체력을 만들고자 가장 오래 한 운동인 요가와 등산, 여기에 러닝까지 시작했다.

"너 그 등산화 얼마나 신었어?" 등산과 도보로 2만4천 걸음을 걸었던 날, 발에 물집과 티눈이 생겨 등산 메이트 S에게 토로했더니 돌아온 질문이 내 하나밖에 없는 등산화의 나이. 사실 10년째 신고 있는 등산화인데 운동을 게을리하는 내 눈에는 운동화의 겉모습이 상당히 멀쩡했다. "운동화 수명 있어. 밑창이 다 삭아서 가루가 된다니까. 그래서 발이 아픈 거야. 너 등산화 새로 사." 그렇게 놀라운 사실을 알았다. 이후 자유기고가로서 춘천의 한 구두 수선가와 인터뷰를 하면서 우레탄 소재 밑창이 자연적으로 삭는데(남성용 구두에 많이 쓰이며 수명은 10년 내외라고) 자주 신어 주면 수명이 조금은 연장되기도 한다는 말을 듣기도 했다.

그렇게 무조건 오래 입고, 쓰자 주의에서 새삼 소모품의 유효기간을 깨우친 나는 새 등산화를 사러 갔다. 그곳은 러너들이 운영하는 운동용품 가게여서 요모조모 조언받기 좋았다. 정말 운동화는 평생 신지 못하는 건가 싶은 마음에, 러너에게 운동화의 유효기간을 재확인했다. 직원은 아니나 다를까 3년이라고 답했다. 겉으로 보기에는 멀쩡할지라도 속은 가루가 되어 쿠션감이 사라진다고. 그래서 잘 모셔 놓기만 한 운동화일지라도 몇 년 후에 신으려 하면 이미 망가진 상태라고도 했다. 운동화는 소모품이다 소모품. 가만히 모셔 두어도 망가지니 마르고 닳도록 써야 손해가 없다. 이는 나의 절약왕 기질을 자극해 운동에 게으름 부리지 말아야겠노라고 재차 다짐하게 된 계기가 되었다.

일을 그만두면 모아 놓은 돈을 까먹어야 한다. 운동을 하지 않으면 체력이 줄어들어 혹여 몸이 아플 때 회복하는 속도가 더디고, 삶의 질이 저하된다. 여기에 하나 더 추가한다. 비싼 기능성 운동화를 산 돈도 공기 중으로 사라진다고. 이뿐만 아니라 오랫동안 입지 않은 운동용 레깅스도 결국 옷장 안에서 삭아 쫙 늘어난 경험도 있다. 체력적금은 소모품인 운동복을 지속적으로 구비해야 하니 돈이 많이 든다. 그러나 내 몸을 위한, 분명 좋은 투자다. 요가는 레깅스의 무릎이 해지고 두 명도 들어갈 만큼 늘어날 때까지 수련을 하고, 등산화의 밑창이 닳아 없어질 때까지 산을 오르겠노라고. 검은색 러닝화가 회색이 되는 순간까지 뛰겠다며 호언장담해 보지만, 나 같은 타고난 몸치이자 저질체력에게는 쉽지 않은 길이다. 그러나 이런 각오로 운동을 하다 보면 기초체력만큼은 유지되겠지.

기초머니처럼 나의 기초체력을 자세히 정의해 본다. 하

루를 멀쩡한 컨디션으로 살아갈 힘과 에너지를 보존하며 나이 들기 위한 기본. 몸매 같은 미적인 면에 집착하기보다 기능적으로 움직이는 몸을 목표로 할 것. 이건 나에게 한정된 조건이긴 하지만, 생활 체육에서 기량 향상 따위를 절대 욕심내지 말 것. 내게 아무 기대도 하지 않고 매일 발전소를 돌리듯이 운동한다. 대신 부상은 주의하자. 이 정도면 나의 체력 적금 약관이 완성될 거 같다.

화루키 러닝클럽

"정말 이제 시작하셨나 봐요." 1킬로미터를 10분에 뛴답니다,라고 왕초보 러너인 나의 첫 번째 페이스를 말했더니, 상대를 존중할 줄 아는 러너의 담백한 반응이 돌아왔다. 나는 러닝화와 러닝용 양말을 사기 위해 러닝용품 전문점에 처음 가보았는데, 이후로 운동용품을 살 때면 늘 그곳에 간다. 쇼핑에 관심을 끈 뒤로 물건은 필요할 때 아니면 사지 않다 보니, 물건을 비교하고 찾아보는 자체에 굉장한 피로를 느낀다. 과거의 쇼핑 도파민 중독자였던 내가 미래에 이렇게 변할 줄은 몰랐다. 이런 내게 러너들이 운영하는 숍은 달리고 나서 어느 부분이 아픈지를 묻는 것처럼 세세한 상담을 통해 적합한 물건을 추천해 주어서 마음에 쏙 들 수밖에.

다시 나의 첫 번째 달리기 기록을 들여다보면 1킬로미터 10분은 "걷는 거와 뭐가 달라?"라고 누군가 되물었을 만큼 보통 이하의 수준이다. 주변에 달리는 사람 중 처음 시작했을 때 보통 1킬로미터에 8~9분 정도를 뛰고, 어느 정도 달리기가 익숙해지면 평균 6분 정도를 뛴다고 한다. 그러나 나는 아니다. 학창 시절 100미터 단거리 달리기 24초인 내가 오래 달리기를 했다는 자체가 칭찬받을 만하다고 본다. 내 기록이 스스로도 웃기긴 했지만 나다웠고, 자랑스럽지는 않았지만 부끄럽지도 않았다. 한동안 누워 지내던 내가 운동을 시작했는걸요. 뻔뻔한 나는 추천 받은 러닝화를 당당히 손에 들고, 내가 목표를 달성하면 러닝조끼를 사러 다시 오겠노라 마음속으로 호언장담하며 가게를 나왔지만, 아직 사지 못했다.

나의 목표는 일주일에 한 번 달리기. 러닝을 즐기는 사람은 일주일에 6일을 뛰기도 한다지만 내 운동의 메인 장르는 요가였고, 서브 장르는 등산, 그리고 어쩌다 러닝이 일상에 훅 들어왔을 뿐이다. 나의 첫 번째 러닝메이트이자 코치는 S다. S와 등산 약속을 잡다가 한강공원을 달려 볼 테냐는 제의에, 덜컥 하겠다고 해버린 거다. 그게 시작이었다. 나는 활동적인 어떤 것에도 흥미가 없는 편이다. 일단 내가 정해 놓은 안전한 테두리 밖으로 나간다는 자체가 엄청난 두려움이고, 솔직히 글

읽는 서생 기질인지라 몸을 활발히 쓰는 것을 그다지 즐기지 않는다. 내가 유일하게 내 의지대로 시작한 운동은 요가뿐이다. 집에서 할 수 있는 운동이었기에 심리적 장벽이 가장 낮았다.

반면 밖에서 하는 운동, 먼저 등산은 친오빠 덕분에 시작했다. 그다음 러닝은 S의 적극적인 안내와 가르침이 있었다. 사람은 누구와 어울리냐에 따라 인생이 달라진다. 좋은 친구를 사귀면 삶이 좋은 방향으로 흘러간다. 좋은 친구란 삶에 긍정적인 에너지를 전해 주는 사람이다. 운동 은인 2명 덕분에 나는 지금 실내를 벗어나 야외로 활동 범위를 넓히게 되었다.

첫 번째 러닝을 마쳤던 날, 나는 물을 들이키며 삶은 문어처럼 달아오른 얼굴로 S에게 화요일마다 뛰자고 청했다. "우리 둘뿐이지만 러닝클럽을 만들어요. 하루키 작가가 쓴 달리기 에세이 있잖아요. 음… 그럼 화루키 어때요? 하루키처럼 일정하게 뛰는데, 화요일마다 뛸 거니까." 달리기 역시 글로 배운 나는 우리의 소박한 러닝클럽 이름을 '화루키'로 제안했다. 처음에 S는 "그게 뭐냐?"라고 비웃었지만, 이내 그 러닝클럽 이름이 박힌 티셔츠를 만들 상상까지 다다랐다. 그렇게 나는 화요일마다 화루키 러닝클럽 멤버인 뛰는 사람으로 살게 된다.

누구나 자신이 좋아하는 것을 나의 테두리 안에 있는 사람 역시 좋아해서 함께하길 바란다. 그건 자연스러운 자신의 '장르 영업' 활동인데, 같은 것을 나누고 즐길 때의 풍성함이 어떤 활동이든 더 즐겁게 만들기 때문이다. 결코 혼자 살지 못하는 사회적 동물, 그래서 사람이라고 불리는 우리에게 동반자는 반드시 필요하니까. 언젠가 친구 J가 말했던 "나의 세계를 넓혀 준 이는 언제나 타인이었다"라는 말이 떠오르는 달리기의 시작이다.

근테크의 세계

왕초보 주제에 나름 고급 장비를 구비한 덕분에, 두 번째 러닝은 1km에 8분을 뛰게 되어 첫 번째보다 기록은 좋아졌다. 대신 오른쪽 발목이 시큰거리는 부상을 입게 되었다. 또다시 찾아간 러닝 전문숍에서 나는 가장 웃기는 손님이 될지도 모른다는 기대감으로 부풀었다. 딱 한 번 뛰고 발목이 시큰거려 또 물건을 사러 가다니. 값비싼 발목 고정 슬리브와 찜질 도구를 사는 바람에 겉보기와 달리 러닝이란 정말 돈이 많이 드는 운동이라고 한탄했다.

"왕초보가 장비만 그럴싸하네요"라고 S에게 말했더니 "장비 비싼 거 사면 대부분 오래 운동해"라며, 위로라기보다는 진짜 꾸준히 운동하는 사람의 과정을 허심탄회하게 말했다. 그래, 내가 돈 들인 만큼 아니 그 이상 꾸준히 해야지. 경제적 자립을 위한 돈을 모으고 불려 가

는 것만큼 체력을 모아 가는 운동 역시 보통 어려운 일
이 아니다.

곧잘 아픈 나와 달리 S는 늘 튼튼해 보인다. 마라톤 대
회에도 나가고, 백팩킹을 다닌다. 우리가 같은 회사에서
일했던 5년 여 전에는 운동을 즐기던 사람이 아니었는
데! 오히려 나이가 무색하게 그때보다 날렵해진 몸 선과
탄탄함까지 느껴지자 그녀의 운동 포트폴리오가 매우
궁금해졌다. 먼저 S는 내게 '근테크'라는 말을 들어 봤냐
고 했다. "근육과 재테크의 합성어로, 서른을 기점으로
근육이 줄어들기 시작해 50세 이후에는 호르몬 문제로
급격히 감소하는데, 이때 1kg의 근육은 1년 1,300만 원
의 값어치가 있다는 뜻이야. 어떤 의사가 말했는데, 노
쇠해지면서 쓰는 병원비를 환산하면 그렇다고 해. 그러
니까 근육이 늘면 1,300만 원을 버는 것과 다름없다는
말이지. 그래서 보험을 더 드는 대신 차라리 운동을 하
라고 하잖아."

운동을 돈으로 환산해 볼 생각은 하지 않았는데, 그런
개념이 있다는 자체가 신선했다. 그럼 매일 하는 운동은
적금이고, 근육 1kg을 고스란히 간직할 경우 1,300만 원

의 예금까지 드는 셈인 거잖아. 운동하는 시간은 정말 최고의 투자인걸. S는 운동을 한다고 몸이 전혀 아프지 않은 게 아니라, 아프고 나서의 회복 속도에 영향을 미친다고 덧붙였다.

S가 여행 기자로 일했을 때에는 한 달에 2주 정도 출장 가는 일이 잦았기에 운동에 대한 니즈가 적었다. 지금은 평일 내내 사무실에 앉아 있는 내근직으로 일하다 보니 답답했으나 대신 마감에 시달리지 않고, 내 생활을 꾸릴 수 있는 여유 시간이 생겨서 운동을 시작했다고 한다. 처음에는 필라테스나 퍼스널 트레이닝을 받았지만 흥미를 느끼지 못했다. "어느 날 인터뷰를 갔는데, 60대 어르신이 퇴직하는 날 서울에서 자기 고향까지 걷기 여행을 떠나신다고 하는 거야. 나는 그때 재미있거나 하고 싶은 게 없었어. 그런데… 그 어르신이 나보고 폴 댄스를 해보래. 한 번도 상상해 보지 않았던 것을 시도해 보라는 거야. 그러면 자기 일상에서 깨닫는 의외성이 있다고 말이야." S는 그 후 백패킹을 즐기던 남자 친구를 따라 배낭 하나만 사서 함께 산에 다니기 시작했다.

S의 운동 포트폴리오

40대 초반, 콘텐츠 마케터, 주 5일 사무실 근무

계기: 산 정상에서 캠핑을 했을 때, 우리만 오롯하게 있는 그 순간과 별이 쏟아지는 풍경이 좋았다. 함께 산을 다니던 멤버들은 그 산과 순간을 즐기고 있었고, S도 가끔 산을 탔으나 그렇게 체력이 떨어지는 줄은 몰랐다. 저들처럼 즐기고 싶다는 마음에서 운동을 시작했다.

크로스핏: 백팩킹 짐은 평균 8~9kg. 근력 키우기가 최우선 목표가 되었고, 크로스핏을 등록해서 운동을 시작했다. 운동을 하면서 처음으로 너무 재미있음을 느꼈다. 시간을 내서 아침 일찍 일어나서 갈 정도.

등산: 본격적인 큰 산을 타기 위해 평일 야등을 했다. 야간 등산의 줄임말인 야등은 야등클럽을 찾아서 시작했는데, 매주 화요일 인왕산, 청계산, 남산 등에 갔다. 그리고 주말에 큰 산을 올랐다. 체력은 올라왔는데, 심폐가 안 올라왔다. 피우던 담배도 심폐를 키우려고 끊었다. 운동이 마음의 허전함을 채워 필 이유가 없어서 빠르게 금연할 수 있었다.

러닝: 산을 타보니까 심폐가 부족하다는 생각에 러닝을 시작했다. 그리고 나서 심폐가 좋아짐을 느꼈다. 6월부터 달리기 시작해서 3개월 만에 10km 마라톤에 나갔고 완주가 목표였다.

운동 스케줄: 크로스핏 주 4일 매일 1시간, 러닝 혹은 야등 주 1일, 주말에는 백팩킹 또는 등산.

S는 성향상 목표 설정이 되어 있으면 그것만 보고 한다고 했다. 단순히 건강하게 살아야지,라는 목표였다면 못 했을 것이라고. 등산이나 백팩킹으로 산을 즐기면서 오르는 것이 큰 목표였다. 과거에는 일을 하면서 성취감을 느꼈다면 지금은 운동이 그렇다. "운동을 꾸준히 해서 그런지 체력이 달라진 게 느껴지고, 달리기를 하거나 산을 오를 때도 헉헉대지 않아. 초반에 숨이 트이기 전까지는 힘들어. 매번 힘들고, 그냥 집에 갈까 생각하는 날도 많지. 그러다 어느 정도 땀을 빼면 몸이 가벼워지는데, 그때 갔다 오길 잘했다고 느껴." 언제, 어떤 날씨냐에 따라 똑같은 산도 갈 때마다 다르다고 하는 S의 말에, 나는 매번 다른 모습으로 나를 품어 주는 커다란 산을 상상했다. 운동이 만드는 태산 같은 안정감과 비슷해 보인다.

고마운 운동 멘토들

찬바람이 세찬 겨울에는 한강에서 뛸 수 없다고 했다. 맞바람이 불어서 힘들다고. 그런 경험을 해봤다는 것은 이미 모든 계절에 아웃도어 환경을 경험했음을 의미할 터였다. 아무것도 모르는 나는 S가 시키는 대로 따랐다. S가 보내 주는 러닝 호흡법, 주법의 숏폼 영상을 보며 배우던 당시 우리는 뛰기 위해 남산으로 갔는데, 나는 처음에는 트레일러닝 아니냐고 의문을 가졌다. 산에서 뛰는 트레일러닝이 유행이라고 하는데, 도심에서 뛰는 러닝이 지루한 사람들이 산에서 뛰기로 했다는 거다. 오, 그렇게나 운동이 좋은 건가. 추워지니 이불속에서 나오고 싶지 않은 나는 다소 공감이 되질 않았다. 산에만 오르는 것도 힘든데, 거기에서 뛴다니. 주법이 다르다고는 했지만 아직 거기까지 알아 가기에는 내 수준이 낮았다.

남산에 도착해 보니 약간의 언덕과 내리막길은 있었지만 잘 포장된 도로의 난도가 낮아 보여 안심했다. '차의 진입을 막아 놓은 도로 위에서 뛰는 코스라니 괜찮군.' 가까이 남산 타워가 보이는 길에는 걷거나 뛰는 사람들이 많은지 흰색 글씨로 몇 미터인지 표시되어 있었는데, 한강의 보통 길보다는 마치 트랙이라도 뛰는 듯한 기분도 났다. 처음에는 호흡을 맞춰 뛰던 나의 러닝메이트는 길이 직선 코스라 헷갈리지 않다는 이유로 거북이 같은 나를 뒤로한 채 어느새 저 멀리 사라졌다.

남산에서 혼자 남겨진 때는 저녁 8시 즈음, 12월의 어둑한 길이 다소 무섭기도 했지만, '빨리 걷는 사람에게만큼은 추월당하지 말자'라고 다짐하며 천천히 뛰었다. 초행길이라 느리게 뛰며 일단 오르락내리락하는 지형을 읽었다. 좋게 말하자면 탐색전이었고, 솔직히 몸이 힘들어 빨리 뛰기엔 어려웠다.

종일 일하고 퇴근길에 하는 직장인의 러닝이란 기력이 부족하다. 운동을 해야 체력이 늘겠지, 하며 설렁설렁 뛰다 보니 나보다 빠른 사람들이 모두 사라지고 말았다. 그래도 천천히 계속 뛴다. 나는 일단 하기 싫은 일도 시작하면 끝은 맺는 사람이다. "심장이 터질 듯이 뛰어도 안 죽어!!" 진짜? 정말 괜찮은 걸까. 약 7km를 거북이처럼 뛰고, 첫 번째 러닝의 기록으로 복귀한 나에게 러닝메이트이자 지옥에서 온 교관님의 호통이 이어졌다. 아… 아무래도 나는 '대충' 하고 운동하는 기분이나 내고 싶은걸. 그러나 러닝메이트가 말하길 우리 몸은 똑같은 강도로 운동하면 익숙해져서 운동 효과가 떨어지고, 점점 강도를 높여야 한다고 했다.

'시작-익숙-능숙' 사이에는 유지가 필수적이고, 중간중간 레벨업을 거치고 나면 최고의 단계까지 나아갈지도 모른다. 최고의 단계란 남이 인정할 만큼의 대단함이라고 여기는데, 그건 타고난 재능이 필요한 부분이다. 확실히 같은 일을 반복만 하다 보면 지루하다. 변화를 주고 강도를 높이는 쪽이 오래하는 법이다. 사람은 도전과 시련을 견뎌야만 성장하도록 설계되어 있는 건가! 돌이켜보면 나는 다른 운동에 비해 그나마 요가를 오래 해오면서도 따라가기 벅찬 아쉬탕가 수업은 절대적으로 피했는데, 요즘은 수련 시간만 맞으면 꼭 한다.

본래 몸으로 하는 무엇이든 자신 없는 나라서 요가마저

도 수준을 높일 생각을 전혀 하지 않았다. 그러다 요가가 익숙해졌고 늘 하던 수준에서 제자리걸음만 걷다 보니, 나는 매사 도전 의식이 없나 싶어 의기소침해지길 여러 번. 지레 겁먹고 피했던 아쉬탕가에 마음을 열자 조금씩 수준이 높아지는 내게 만족하게 되었다. 잘해서가 아니라 내가 이 수업을 따라가다니, 하는 뿌듯함이다.

무슨 일이든 익숙해져 권태감을 느끼면, 늘 가던 장소 아닌 새로운 곳에 가며 색다른 자극을 받아야 한다. 그래야 지루함을 이기고 능숙의 단계까지 나아갈 수 있다. 비슷한 맥락에서 여러 운동을 골고루 하는 것도 좋은 접근이다. 내가 늘 하던 요가와 등산뿐 아니라 러닝이 껴드니 서로 시너지를 내며 도움이 된다. 운동만큼은 한 번에 여러 우물을 파는 편이 좋다고 하던데 무슨 말인지 알 듯했다.

그런데 혹시 내 운동 포트폴리오에 모자람은 없을지, 나는 제대로 하는 중인지 점검하고 싶었다. '국민체력 100'이란 국가 공인 체력인증센터에 가서 확인받고 싶었으나 금요일에만 열리는 예약은 쉽지 않았고, 평일에만 측정이 가능하다 보니 회사를 다니는 나는 시간 내기가 어려웠다. 아쉬운 대로 개인 맞춤형은 아니지만 인공지능(AI), 챗GPT에게 운동 포트폴리오를 상담해 보기로 했다.

나:　나이 40세에는 어떤 운동을 하는 것이 베스트입니까?

GPT:　딱 맞는 답은 없지만, 유산소 운동과 근력 운동을 함께 찾는 것이 관건입니다. 어떤 활동에 관심이 있으신가요?

나:　러닝과 요가를 하고 있습니다.

GPT:　좋은 선택입니다! 러닝은 심장박동을 커버하는 반면 요가는 유연성과 균형을 더합니다. 균형 잡힌 루틴을 위해서는 두 가지를 혼합하는 것을 고려하세요. 조언을 원하는 구체적인 것이 있나요?

나:　하이킹의 좋은 점도 알려 주세요.

GPT:　하이킹은 신체적 운동, 신선한 공기, 그리고 자연과의 연결을 제공합니다. 그것은 스트레스를 해소하고 전반적인 복지를 향상하는 좋은 방법입니다. 전에 하이킹을 시도해 본 적이 있습니까?

(중략)

AI도 조언하는 바와 같이 심폐와 혈관 기능을 관리하기 위한 유산소 운동, 근력 운동 외에도 스트레칭이나 요

Chapter 5
와식 생활자의 달리기

가 등으로 유연성과 균형 감각 기르기를 두루 발전시켜야 한다. 일반인에게 요구되는 운동 포트폴리오 역시 프로 선수 못지않게 다채롭다. 그러나 본격적인 운동을 하기 전에 우리 몸이 준비되어 있는지 살피는 게 우선이다. 책『당신도 느리게 나이들 수 있습니다』의 저자 정희원 의사는 가속노화라는 말로 세상에 알려졌다. 책에는 세계보건기구가 2015년에 제시한 내재역량에 대해 말하는데, 얼마나 건강하게 나이 들고 있는지를 나타내는 척도라고 한다. 운동 조언 파트에서 가장 눈에 띈 점은 충분한 영양, 휴식, 수면 → 바른 자세와 코어 강화 → 스트레칭 → 전신 근력 → 걷기, 등산 → 스포츠 순으로 몸을 준비해야 부상 없이 몸에 이로운 운동을 할 수 있다는 것. 운동을 권하는 모든 이들이 입을 모아 말하는 차근차근 단계를 밟아, 몸을 만들고 운동 수준도 올리는 기초체력증진 프로젝트가 나에게 도전 의식을 고취시키는 한때의 이벤트로 남지 않길, 숨 쉬듯 당연한 일상이 되길 바란다.

일단 기지개부터 켠다

늦가을에 입문해 초겨울까지 계속한 러닝은 내게 독한 감기의 기억을 두 번이나 안겨 주었다. 확실히 러닝 때문에 감기에 걸렸어,라고 말할 만한 증거는 없지만 사람이 가장 면역력이 떨어지는 때는 운동 직후라고 한다. 추운 날에 춥다 덥다를 반복해서 그랬는지 목이 아프고 코가 막혔다. '운동을 너무 많이 해서 오히려 쇠약해진 거야.' 그러나 나의 운동 메이트는 멀쩡했기에 그냥 허약한 내 탓이다. 또다시 3주째 체력 적금을 넣지 못한 상태로 운동을 쉰다. 도무지 향상심이라곤 없는 내 몸이 얄밉다. 그토록 득의양양하던 내 기분에 재를 뿌리다니. 허약한 몸으로 살면서 몸에 대한 기대를 버렸다고 생각했건만, 나는 운동만 하면 무조건 바로 튼튼해질 거라 믿었나 보다.

의욕을 앞세우지 않고 아무런 평가 없이 밥을 삼시 세

끼 챙겨 먹듯이 그냥 몸을 움직였다 해도 몸이 아픈 날은 온다. 아파서 종일 누워 있다가 생각했다. 아플 때도 밥 대신 죽은 먹는다. 운동 역시 식은 죽 같은 것을 골라 하면 된다고. 투자에 있어 안 좋은 경제 상황에 대비해 일정한 현금 비중을 가지고 있듯, 운동 역시 몸이 쇠약해지는 날을 대비해 저강도로 할 만한 '활동'을 습관처럼 몸에 간직한다. 나는 기지개와 스트레칭이 그러한데, 현금처럼 당장 꺼내 쓰기 좋은 안전 운동 자산이다.

매일 아침 일어나 의식적으로 기지개를 켠다. 이렇게 간단한 방식으로 몸을 풀어 주며 하루를 시작하면, 몸의 긴장이 풀려 더 가볍게 움직이게 된다. 요가에서도 동물의 기지개를 형상화한 자세를 수시로 하며 몸을 푼다. 예를 들면 견상 자세(개가 앞다리를 쭉 뻗고 엉덩이를 들어올려 미끄럼틀 모양처럼 기지개를 켜는 동작), 고양이 자세(유연한 고양이가 가슴께와 턱을 바닥에 붙이고 기지개를 켜는 모습에서 따왔다)가 있다.

동물들도 수시로 기지개를 켜서 찌뿌둥한 몸을 푼다. 인간도 놓칠 수 없다. 기지개는 정말 좋은 기초 스트레칭으로 이보다 쉽게 몸에 쌓인 긴장을 해소하는 방법은 없다. 몸이 시키지 않아도 일단 잠에서 깨면 의식적으로 사지를 쭉 늘려서 풀어 주고, 자는 동안 계속 누워 있어서 눌린 등을 편안하게 풀어 주기 위해 몸을 반 접은 아기 자세(아기가 엎드린 것처럼 보인다)를 취한다. 이때 팔을 앞으로 뻗으면 등이 더 쫙 펴져서 시원하다.

꼭 대단한 운동만 몸에 도움이 되는 게 아니다. 매일 하는 저강도 이완 행위(운동이라고 쓰고 싶었지만 양심에 찔린다)로 유연하게 생활하기부터가 시작이다. 그다음 몸이 적당히 안 좋은 날에도 가볍게 걷고, 등산 대신 숨이 약간 가쁠 만큼 계단 오르기 정도도 충분하다. 내가 병원에 입원했던 때 병원 침상에 누워만 있으면 회진 도는 교수님에게 혼났고, 간호사 선생님도 회복을 위해 자꾸 걷기 운동을 시켰던 기억이 난다.

나는 누워서 책을 읽는 와식 생활을 좋아해서, 또다시 감기에 아프다는 핑계로 줄곧 누워 있으면서 그런 습관 때문에 몸이 허약한 것인지, 몸이 허약해 그렇게 사는 것인지 잠시 의문이 생겼다. 거의 닭이 먼저냐 달걀이 먼저냐 수준의 궁금증이다. 그런 의문을 던지면 나의 운동 멘토는 이렇게 말할 것이다. "(당연히) 운동을 해야 튼튼해지는 거야." 우는 소리는 그만하자.

나는 혼자 숲에 갈 때면 사람이 많아 가장 안전하다고 느끼는 서울시 서대문구에 있는 안산에 간다. 데크와 평탄한 숲길 5킬로미터를 1시간 동안 빠른 걸음(나의 러닝 기록과 큰 차이가 안 나는 속도다)으로 걷노라면 나이 지긋한 어르신들을 자주 마주하게 되는데, 그분들 중에 맨발로 느릿하게 걷는 분들이 심심치 않게 보인다. 맨발 걷기 건강 전도사가 등장해서 지금 시니어들 사이에서 유행이라고 듣긴 했지만, 이 현상을 나는 의심한다. 흙길을 밟는다는 건 알겠는데, 발이 안전할까. 끌리지는 않았다. 하긴, 자연 친화적인 호주 도심에서 맨발로 걷는 사람이 흔하다고 하니, 산에서 맨발로 걷는 것쯤이야. 새로 등장한 맨발 걷기 건강법에 판단을 멈춘 채 나는 여전히 등산화를 신고 길을 걷는다.

주말에 안산뿐 아니라 인왕산 정상 무렵에서도 아이스크림 장수를 만나곤 했다. 마치 골인 지점에 달콤한 보상처럼 나를 기다리고 있는데, 그때마다 나는 그 초로의 아저씨가 얼마나 이른 아침부터 이토록 무거운 아이스박스를 이고 지고 등산을 한 걸까를 먼저 생각한다.

나는 내 몸 하나를 이끌고 걷기에도 다리가 후들거렸는데 아저씨는 짐을 들고 여기까지 왔다니! 잘 포장된 길인 안산은 짐들고 걷기를 해볼 만하겠지만, 계단이 많은 인왕산은 그래도 힘들 텐데.

그 순간 삼삼오오 모여 멜론맛 아이스크림을 먹고 있는 등산객들이 눈에 들어오지 않았다. 나는 오직 괴물 같은 체력으로 틈새시장을 개척한 젊은 시니어가 실로 놀라웠다. 체력은 나이의 문제가 아니다. 곧 여든, 우리 아빠가 나보다 체력이 더 좋다는 점을 새삼 상기한다. 종아리에 꽉 찬 근육과 흰머리를 가진 시니어 여자 분도 산에서 만난 적이 있는데, 노인이 그토록 카리스마 있어 보이는 것은 또 처음이었다. 천천히 맨발 걷기를 하는 시니어와 정상에서 아이스크림을 파시던 젊은 시니어를 보면서 나의 노년기의 모습을 그려 봤다. 나이 차이는 있긴 하지만 공통점이 있다면, 적어도 걸어서 돌아다닐 만큼 몸을 자율적으로 쓰는 건강한 모습이 아름답다는 점이다.

몸은 지난날 살아온 행적이 고스란히 남는 곳이다. 누구나 어떤 이의 몸 상태를 보면 그 사람이 어떤 삶을 살아왔는지 읽어 낼 수 있다. 거북목은 안 좋은 자세로 핸드폰을 많이 사용하나 싶고, 다리를 자꾸 꼬는 사람은 이미 몸이 틀어져 그 자세가 편한 거구나 한다. 나는 어깨가 안으로 말린 편인데 몸을 움츠리고 컴퓨터 작업을 많이 해서다. 수시로 손을 뒤로 맞잡고 스트레칭을 한다. 내가 할 수 있는 최선이다. 그러니까 편안하게 나이 들기 위해서, 나는 아플 때도 힘이 들 때도 운동과 함께하기로 한다.

Chapter
6

호감 가는
사람으로
남길 바라

피할 수 없고, 즐기지도 못하지만

자꾸 굽아지는 손가락(여성호르몬이 제대로 기능하지 않아서 뼈마디가 뻣뻣해졌다)으로 노후 준비를 위한 체크리스트를 써보며 나는 죽음을 생각했다. 이렇게 쓰자니 내가 최소 60대 후반처럼 느껴지지만, 아직 40대 초반이다. 그때의 나는 급격한 노쇠를 겪고 있었고, 지금은 다시 몸이 회복되어 본래의 리듬으로 돌아갔으나 완전히 건강해졌다고는 말하지 못한다. 그런 빅 이벤트가 없었다 해도, 본래 나이가 그리 젊지는 않다. 시니어가 되기엔 한참 멀었지만, 그렇다고 싱그럽지도 않은 어중간함. 조선시대 평균 수명은 35세 정도라고 하던데, 시대를 잘 만난 탓으로 나는 단언하지는 못하나 앞으로 살아갈 날이 더 많다. 안타깝게도 조금씩 몸은 고장 나겠으나, 그럼에도 조금은 덜 불편하게 살기 위해 나를 포기하지 않고 관리하며 지낼 테고.

갱년기의 충격에서 막 벗어난 후에도 나는 회춘에 감사하기보다 나보다 10년 안팎으로 나이 차가 나는 이들의 신체적, 정신적 변화를 나의 예정된 미래처럼 눈여겨보게 되었다. 병원 투어가 일상이고 노안으로 안경을 쓰기 시작하거나, 아는 단어도 자꾸 까먹는다며 인상을 찌푸리며 도무지 떠오르지 않는 낱말을 찾아가는 사람들에게서 나이 든 몸의 좋은 점은 단 하나도 찾질 못했지만. 그뿐만 아니라 남의 말은 전혀 듣지 않고 쓸데없이 고집만 세진다거나, 자꾸 '요즘 애들은 말이야'라고 시작하는 말로 세대를 비판하거나, 새로움을 거부하고 자신의 전성기 때 기술만 구사하려는 구태의연도 있다. 나라고 그런 태도가 전혀 없겠는가! 그런 이유로 타인을 거울삼아 나의 싫은 점을 발견하면 흠칫 놀란다. 반성의 시간이다.

이 세상에 노후를 대비한 돈과 건강에 대한 조언은 넘친다. 내가 지금까지 경제적 자립을 위해 세운 방향과 크게 다르지 않으며, 여기에 연금과 실버보험 등이 추가된다. 구체적으로 파고들면 인지 능력 저하로 지금처럼 내가 현금 흐름을 관리하지 못할 때의 대비나, 간병인과 같은 돌봄 서비스에 대한 고민으로 그 줄기가 뻗어 나간다. 이를 해결할 방법은 은행과 보험 회사 등에서 '돈만 내면 모든 것을 관리해 드립니다' 하는 자본주의적 미소로 나를 맞이하기 때문에 해결 가능해 보인다.

돈 문제를 짚어 본 다음에는 나이 들어 점점 거동이 불편해지면 나를 돌봐 줄 곳이 어디인가 미리 고민해 볼 법도 싶다. 그렇게 정보를 찾다가 실버아파트라는 개념에 대해 처음 알게 되었다. 주로 장례식장을 포함한 대형병원 옆에 입지해 있는 노년을 위한 맞춤형 주거지로, 식사가 제공되며 아파트라는 말처럼 매매가 가능한 곳이다.

이곳에 사는 분들의 평균 나이는 80세 정도라는데, 여러 서비스 항목 때문에 관리비는 무척 비싸다고 한다. 도심에 있는 실버아파트는 10억 가까이 되는 보증금과 100만 원대의 관리비로 부유층만이 누릴 수 있어 보였다. 최소생활비로 출퇴근 은퇴를 하겠다고 호기롭게 외치는 나에게 그런 편안한 미래가 펼쳐질 거라 기대하지는 않는다.

지금 노년의 생활을 결정하기에 너무 머나먼 미래지만,

동시에 원하는 생활을 그려 보게 되었다. '나는 나이 들어도 그냥 내 집에서 편안하게 살고 싶어.' 여든까지 몇 해 남지 않은 부모님은 자신의 집에서 살아가며 노후를 젊었을 때와 크게 다르지 않게 보내신다. 다니는 병원은 많아지셨지만 자립 생활이 가능한 상태로, 나 역시 두 분처럼 내 집에서 편히 늙을 수 있다면 좋겠다. 아차, 계단을 오르락내리락해야 하는 집은 무릎 관절이 견디지 못하니, 훗날 지금의 작은 집을 떠나 1층 혹은 엘리베이터가 있는 집으로 옮겨야 한다. 그때 집 근처 지하철에도 엘리베이터가 있는지 따져 봐야 할 테고. 그렇다, 보통의 나이 듦이란 그동안 당연하다고 누려 왔던 모든 것이 내게 '문제'가 되는 과정, 다가오는 문제가 과제가 되어 이를 해결해 나가는 일상의 연속일 수도 있겠다.

잠재적 몸의 불편과 생각과 마음의 낡음은 수시로 가다듬을 문제이며, 돈이나 각종 서비스를 알아보는 노후 준비 역시 아직 노년이 진짜 와닿지는 않는 나이라서, 지금부터 치밀하게 준비할 이유가 없어 보인다. 세상은 수시로 바뀌니까. 다만 죽음은 나이와 상관없이 미리 준비해 둬야 한다고 생각한다. 얄궂게도 세상을 떠나는 일에는 순서가 없다. 멀쩡한 정신을 가진 젊은 나이에 미리 정리해 둘 죽음을 가정한 의사결정. 이를 중요한 순서대로 하나하나 완성해 나가며 헛된 고뇌와 욕심으로부터 한 걸음 멀어지길.

미리 준비하는 죽음

업무 출장이 잡혀 새벽 5시 30분 즈음 집에서 출발해 김포공항으로 가야 했다. 불면증이 고질병이 된 무렵이었지만 그래도 그날은 더 일찍 일어나야 한다는 압박감에도 불구, 꽤 피곤했는지 깨지 않고 잘 자고 있었는데, 결국 귓가에 윙윙거리던 초가을 모기 한 마리 때문에 예상보다 더 이른 새벽에 눈을 뜨고 말았다. 창을 닫아야겠다는 생각에 급히 일어나 걷다가, 순간 쉬고 있던 심장이 뒤늦게 깜짝 놀랐는지 마치 쥐고 있던 주먹을 서서히 펴내듯 갑자기 움직이기 시작했다. 살면서 처음 느껴 본 생경한 감각 때문에, 이렇게 심장마비나 기타 등등 비슷한 것이 일어나 죽는지도 모르겠구나, 하며 자각했다.

그런데 놀라기도 잠시, 다시 침대에 힘없이 누운 나는 죽어도 전혀 상관없겠다고 생각했는데, 그만큼 몸이 고단해서 생의 의지가 약해진 상태였다. 그러다 이내 더운 여름날 몸 안팎으로 열불이 나서 티셔츠에 팬티만 입고 자던 내 꼴, 불현듯 그 사실이 거슬렸다. 단정하게 파자마 팬츠를 입고 자야 혹시 내게 무슨 일이 생기더라도, 그러니까 혼자 사는 나의 죽음을 누군가가 발견해도 보기에 추하지 않을 텐데. 그러나 피로함에 그대로 잠이 들었고, 새벽에 일어나 보니 여전히 살아 있었다. 사실 죽고 나면 내가 수치심을 느끼지는 못하겠지만, 마무리는 아름답길 바란다.

어떤 죽음을 맞이하고 싶은지 헤아리다 보면 가장 먼저, 부모님이 돌아가시기 전까지는 절대 죽고 싶지 않다는 생각이 동동 떠다닌다. 그리고 평상시 충분히 예방할 수 있는 사고로 죽는 것은 억울하다. 예컨대 나는 집에 홀로 있을 때면 욕실 문을 완전히 닫지 않는다. 욕실 문이 잠겨 갇힌 채 죽은 사람이 있다는 뉴스를 봤다고! 샤워 후 젖은 타일 바닥을 조심조심 걷는 이유도 미끄러지고 싶지 않아서다. 매사 방비하는 게 습관이 되었다. 그렇다 해도 내 목숨의 길이와 어떻게 죽을지는 내가 절대 알 수 없다가 끝. 더한 상상력은 발휘되지 않는다.

죽음은 일상 대화로 올리기에는 무거운 주제이지만, 누구나 죽기 때문에 피해 가지 못한다. 다만 끝을 인지하고 살 때의 좋은 점이라면, 걱정에서 멀어지고 지금 불어오는 바람을 느끼며 길을 걷거나, 소중한 식사 한 끼를 즐겁게 먹는 것처럼, 지금을 살게 한다는 점이다. 이때 어울리는 마법 같은 말은 "(편안하게 힘 뺀 목소리로) 살면 얼마나 산다고"이다.

21세기의 의료기술이 아니었더라면 나처럼 허약한 인간은 일찌감치 생을 마감했을 터다. 생에 큰 미련을 갖지 않고 죽음에 의연해질 수 있는 나이가 몇 살일지는, 치료를 받고 매번 건강을 되찾는 나로서는 모르겠다. 질병으로 인한 사망 1위는 암이다. 암은 사망 시기를 예측할 수 있는 편이나 뇌혈관 질환은 아니다. 갑작스레 떠난다. 세상을 큰 고통 없이 바로 떠날 수 있으면 다행인데, 숨만 붙어 있는 경우도 생긴다. 내가 상상할 수 있는 가장 무서운 일이다. 죽지는 않았는데, 정상적인 생활이 불가능하고 꾸준히 돌봄을 받는 상황. 그건 내게 죽느니만 못하는 삶이 될 테고, 나는 이런 식의 연명치료를 원하지 않는다고 유언장에 꾸준히 써두었다.

그러다 사전연명의료의향서라는 확실한 의사 표시를 알게 되었다. 신촌 세브란스 병원에서 일어난 김 할머니 사건으로 촉발되었는데, 김 할머니는 병원에서 기관지 내시경 시술을 받다가 완전한 뇌사가 아닌 식물인간 상태가 되었고, 당시 병원은 연명치료를 이어 나갔다. 할머니의 가족이 무의미한 연명치료를 중단하라며 병원에 소송하면서 존엄사가 사회적 문제로 대두되었다. 대법원은 김 할머니의 존엄사를 인정하여 의학적으로 회복 불가능한 환자에게 연명치료를 강요하는 것은 인간의 존엄과 가치를 해친다고 결론 내렸다.

나는 존엄사를 위해 미리 사전연명의료의향서(이하 의향서)를 써서 의사 표시를 하기로 했다. 이 문서는 손글씨로 적은 유언장의 한 마디보다 훨씬 분명하다. 전산에 등록되어 상급 의료기관에서 조회되는데, 가족들이 결정적인 순간에 정 때문에 혹은 죄책감으로 냉정한 판단을 하지 못할 때 나의 큰 뜻이 짜잔, 하고 데우스 엑스 마키나처럼 전산에 떠서 문제가 해결되는 장면이 그려진다. 보통 보건소, 국민건강보험공단, 제휴를 맺은 의료기관 등에서 상담사에게 설명을 듣고 의향서를 작성할 수 있다.

나는 집에서 가까운 의료조합을 찾아 1시간 여의 교육을 받고 의향서를 썼는데, 총 10명 정도의 참석자 중 내가 가장 어렸고, 나보다 나이 든 중년과 노인 몇 분이 서로 돌아가면서 좋은 죽음이 무엇인지에 대한 의견을 나눠 보는 의미 있는 시간이었다. 다들 남겨진 사람들에게 부담이 되지 않도록 의향서를 쓰기로 했다는 공통점이 있기도 했고.

내 경우 한 달여 전 신청한 의향서 교육을 받기 약 일주일 전에 할머니가 돌아가셨고, 그 슬픔에서 채 빠져나오지 못한 상태에서 맞닥뜨린 죽음에 대한 대화에 감정이입이 더 크기도 했다. 사실 무엇이든 대비하길 좋아하는 성향 때문에 이성적 판단으로 시작한 삶의 마무리를 위한 준비가 나를 위함이 아닌, 남은 사람들을 편하게 해주기 위한 배려였음을…. 삶이 실시간으로 느끼는 즐거움과 고통의 연속이라면 죽음은 끝맺음, 종결을 의미한다.

그 마지막을 떠올리면, 오직 내가 살면서 사랑했던 사람들과 잘 헤어지고 싶다는 생각만 남는다. 또한 현실적으로 갑작스러운 변고가 아닌 질병 사망일 경우에는 호스

피스 케어 등 생각보다 복잡한 죽음의 과정이 기다리고 있다는 것도 교육을 거치며 어렴풋이 알게 되기도 했고. 결국 한정된 시간밖에 내게 남지 않았음을, 그래서 앞으로 남은 시간을 어떤 의미로 채워 갈 것인가라는 물음만 남았다.

나의 남은 시간을 세 부분으로 나눠 봤다. 첫 번째는 아직은 젊은 60세까지의 20년, 그리고 80세까지의 20년. 그리고 설마 그때까지 살아 있을까 싶은 100세까지의 20년. 아무래도 손에 잡히는 미래는 60세까지다. 아마 60세 무렵의 나는 미리 겪어 본 갱년기 상태의 불편함 그대로 서서히 늙어 가고 있겠지. 그리고 쉬지 않고 일을 하며 돈을 버는 모습도 그려진다. 때때로 삶의 즐거움을 맛보며 가끔은 슬퍼하기도 하고. 그다음의 20년은 뿌연 안개에 휩싸여 있다. 책 『소크라테스 익스프레스』에서는 좋은 죽음이 늘 그렇지는 않지만 대개 좋은 삶의 끝에 온다고 말한다. 좋은 삶이 만드는 좋은 죽음을 아직 나는 모른다.

나의 유산 답사기

내가 정상적인 컨디션일 때 아침에 일어나 하는 일은 대개 비슷하다. 글을 쓰고 나면 명상 음악을 켜고 요가 매트를 펼친다. 그날도 마찬가지로 가부좌로 앉아 조용히 마음 수련을 하던 중이었다. 그러다 현충일 외에는 들어 본 적 없는 사이렌이 이른 아침에 울리기 시작하며 마음을 조마조마하게 만들었다. 시골 마을에나 있는 줄 알았던 확성기에서 웅얼웅얼하는 아저씨의 목소리가 들리고, 이어서 재난문자에 북한에서 미사일을 쐈고 전쟁이 날지도 모르니 대피하라는 알람까지. 네이버 접속까지 되지 않자 큰일이 났구나 싶었다.

텔레비전이 없는 나는 당장 가족에게 전화를 걸어 도대체 무슨 일이 일어난 건지 파악했다. 출근 가방 대신 피난 가방을 싸야 할지 잠시 우왕좌왕하긴 했지만, 어디로도 가지 않고 그냥 집에 남겠다고 결정했다. 여기까지가 나의 끝이라면 받아들여야지 하는 사뭇 비장한 각오도 있었고. 가족은 "이럴 줄 알았으면 돈을 더 열심히 썼을 텐데"라는 말로 전화를 끊으며 위급해 보이는 순간에도 내게 큰 웃음을 줬지만, 내 경우 전쟁이 터졌을지도 모르는 이때에 미래를 위해 모아 가던 돈이 전혀 아깝지 않았다.

재산을 물려줄 자녀가 없기 때문에, 나는 죽는 순간까지 소비 계획을 세워서 번 돈은 한 푼도 남기지 않고 다 쓸 거야라고 매우 웃긴 말을 한 적이 있었다. 한 치 앞도 모를 인생에서 그게 되겠는가. 돈을 절약하고 미래를 위해 모아 가야지 결심했을 때도, 이렇게 아끼다가 당장 내일이라도 죽으면 억울해서 어떡하지,라는 돈에 대한 집착이 비죽 솟을 때도 있었다.

치기 어린 생각은 세월이 지날수록 희미해졌다. 물건이나 경험을 교환하는 화폐의 쓰임이 이제 내게 불안을 잠재우고, 시간을 사는 도구로 그 역할이 바뀌었기 때문이다. 그래서 모으기만 하다가 쓰지 못한 돈이라는 이름표를 붙일 이유가 사라졌다. 자유를 목표로 한 숫자 자체가 조금씩 쌓일수록 불안이 안심이 되고, 내 시간이 늘어나는 현재진행형의 만족감이면 충분하다. 하지만 더 내밀한 이유는 따로 있다. 나는 겨우 혼자 살아갈 만큼의 돈밖에 없다! 별로 많지도 않은 재산을 두고 머리 아프게 고민할 필요가 전혀 없으며, 이런 내가 죽은 후의 돈이란 살아 있는 사람의 몫이다. 단지 어떤 채무도 남기고 싶지 않다. 마지막 공과금, 관리비, 통신비 등을 모조리 정산하기 위해 계약 맺은 곳들을 나의 엔딩 노트에 남긴다. 뒷정리를 맡아 줄 사람이 처리해 주길 바라며… 어떤 부채도 남기지 않고, 돈만큼은 깔끔한 죽음을 목표로 한다.

디지털 시대에는 다른 형태의 유산이 있다. '디지털 유산 관리자는 귀하가 사망한 후에도 귀하의 계정에 있는 데이터에 액세스하고 다운로드할 수 있습니다.Legacy contacts can access and download the data in your account after your death.' 아이폰의 새로운 기능으로 디지털 자산 상속자를 지정하는 것이 생겼다. 나는 그 사실을 알자마자 냉큼 친오빠의 연락처를 등록해 두었다. 사실 오빠는 전혀 모르는 일이지만 내 마음대로 정했다. 내게 처음 컴퓨터를 선물한 가족이기에 마땅히 훗날을 맡길 만하다. 사실 오빠가 원가족 중 가장 디지털 친화적인 편이라서 그렇게 설정했을 뿐이다. 엔딩 노트에 디지털 유산 관리자에 대한 안내가 적힌 종이를 인쇄해 메모와 함께 둔다. 다만 돈 될 만한 정보가 아닌 뒷정리를 부탁한다는 차원이라서 조금 미안하다.

폰은 그렇게 정리한다 치지만, 웹에 떠도는 나의 정보 등은 어떻게 정리해야 하나. 이것이야말로 정말 골치 아프다. 컴퓨터에 저장된 파일들이야 폐기물 처리장에서 하드디스크를 파괴하면 끝날 테고, 그 안에 속한 업무 파일, 가계부나 건강 기록 같은 개인적인 파일들은 내가 죽어도 남에게 문제될 만한 것은 없다. 그러나 웹 서버에 저장되어 있는 것들은! 사이트에 가입된 내 정보들은! 한때 "우리 할아버지는 인터넷 세계에서 아직 살아 계셔"라며, 누군가 돌아가신 할아버지의 개인정보를 쓰는 경우도 봤다. 명의 도용으로 범죄에 악용될 수도 있는 문제라 흠칫 놀랐는데, 지금 방지할 만한 행동강령으로는 '개인정보 포털'이라는 정부에서 제공하는 서비스에 들어가 주기적으로 안 쓰는 사이트들에서 탈퇴해 주는 정도랄까. 하지만 앱에서 가입한 경우는 목록에 뜨지 않는다.

이런! 살아 있을 때 완벽하게 깔끔한 뒷정리를 어찌한단 말인가. 못한다. 이 역시 남은 사람의 몫이다. 그리고 수시로 쓸모없는 사진과 자료를 지우며 나의 디지털 유산 관리자(일단 지금은 친오빠)가 힘들지 않도록 사이버 세계를 주기적으로 정리정돈한다.

솔직히 돈보다는 집 뒷정리가 더 신경 쓰이는 부분이다. 누군가 우리 집에 와서 "와… 어디서부터 어떻게 치우지?" 이런 말이 나오지 않았으면 한다. 금방 치우겠네, 하는 가볍고도 쓸쓸한 목소리를 원한다. 구체적으로 최대 3시간 이내에 치울 수 있는 집이면 좋겠다. 쌓아 둔 잡동사니가 없고, 침대 같은 커다란 가구나 가전을 옮기고 나면 소지품은 이사 박스로 10박스도 채 되지 않을 만큼. 그리고 나의 '육식이들(6개의 화분)'이 유기되지 않고 어딘가에서 계속 살았으면 좋겠다는 바람도 있다. 그러려면 평소에 간소한 생활을 유지해 나가고, 더는 식물을 늘리지 않는 것이야말로 앞으로 신경 쓸 부분이다. 고인이 된 샤넬의 크리에이티브 디렉터 칼 라거펠트는 자신이 살아생전 키우던 고양이에게 2억 달러를 상속했다고 한다. 나도 육식이들을 돌보는 사람에게 재산의 몇 할을 더 상속하겠습니다,라고 정해 두고 싶은데,

과연 나는 우리 육식이들에게 얼마를 물려줄 수 있을지 모르겠다.

보호자가 필요해

수면 부족이 치매를 유발한다는 암울한 기사를 읽다가, 만약 노년의 내가 인지 능력에 문제가 생기면 어떡하나 새로운 불안이 스멀스멀 기어 나왔다. 작게는 부모님이 스마트폰 다루기를 어려워하는 것처럼, 혹은 가게의 키오스크 주문처럼, 미래에 새롭게 등장할 신문물에 곤란함을 겪기도 할 테고. 신기술은 차라리 너그러운 젊은이에게 도움을 요청할 수라도 있으나 돈 관리는 아무에게나 맡기지 못한다. 나 대신 지불을 대행해 줄 믿을 만한 보호자가 있다면 모르지만, 아니라면 서비스를 찾는 편이 낫지 않을까.

홀로 사는 나로서는 향후 수수료를 내고 은행의 자산 관리 프로그램을 써보는 것도 유용해 보인다. 은행이 나 대신 재무 관리를 해주는 서비스인데, 나의 신탁 자산에서 생활비, 병원비나 간병비 등을 지급 대행해 준다고 한다. 일본 금융 회사들은 죽음을 준비한다는 의미의 '종활終活' 서비스를 제공해서 병원 입퇴원 수속이나 장례식, 유산 정리까지 도맡아 준다고 한다. 지금처럼 홀로 사는 인구가 늘어나면 우리나라도 그런 비금융 서비스가 활성화될 거 같다. 배금주의는 싫지만, 이웃집 사람들과 품앗이했던 시절의 공동체 정신이 희미해진 지금은 세상의 무슨 일이든 돈이면 다 되는 분위기다. 편리하지만 어쩐지 인간미는 느껴지지 않는구나.

내가 서른 초반에 첫 번째 큰 수술을 마치고 경과 확인을 위해 연로하신 엄마와 병원을 찾았을 때였다. 간호사가 엄마를 환자로 착각하고 일단 엄마를 바라보다가 내가 환자임을 알고 방향을 바꿨는데, 그게 웃기고도 슬픈 기억으로 남아 있다. "네, 맞습니다. 환자는 저예요. 엄마는 보호자 자격으로 오셨죠." 여태 혼자 살며 느낀 가장 큰 불편은 병원에서 보호자를 요구할 때다. 수술 중에는 어떤 상황이든 발생할 수 있는데, 그때 의식 없는 환자 대신 의사 결정을 내릴 사람이 보호자다. 부모님은 연세 때문에 정신적 지주로 남아 있을 뿐, 실제로 형제자매가 나의 보호자로 병원 시스템에 등록되어 있다.

우리나라는 생활동반자법이 없어서 법적 가족만이 보호자가 되므로 나에겐 원가족이 지금으로선 그 역할을 해준다. 먼 훗날까지는 모르겠지만, 일단은 지금 이대로 나쁘지 않다. 그러고 보니 어려울 때 의지할 가족이 여러 명이라서 나는 든든한 홀로 생활을 한다. 도움을 줄 가족이 있을 때는 가족에게, 막내인 내가 가장 마지막까지 산다면 은행(!)에 기대어 살아가면 되지 않을까. 간병인이 필요하면 병원에 물어서 구하면 되고(하루 단위로는 구해지지 않았지만), 또 요즘은 간호통합병동이 있어서 이곳을 이용하는 사람들도 많다.

나는 아직까지 친언니에게 간병을 받았을 뿐 모르는 사람을 고용해 본 적은 없는데, 언니도 결국 나이가 들 테니 앞으로 모르는 사람에게 부끄러운 모습까지 보여 가며 간병 서비스를 받을 날이 오겠지. 하아, 이 역시 돈이 필요하구나! 왜 무엇이든 종국에는 돈으로 결론이 난단 말인가. 보호자와 돌봄의 필요가 홀로 나이 들어가는 나에게는 점점 더 커다란 고민거리로 자리 잡을 거 같다.

우리나라에서 법적으로 가족이 되는 방법은 결혼·출

산·입양뿐이라고 한다. 친구를 딸로 입양해 법적 보호자가 되었다는 사연을 들은 적이 있다. 시골에서 이웃하며 사는 비혼 여성 친구 두 명은 입양할 친구의 부모님 동의가 담긴 서류 한 장으로, 친구에서 엄마와 딸의 관계가 되었다. 이제 이 두 명은 서로의 보호자가 되어 주고, 생의 마지막에 이르면 유가족의 자격으로 장례를 주관하게 된다. 자녀가 없으니 이렇게 믿고 지내는 사람과 의지하는 방법도 있구나 싶지만, 아직 나는 보호자 문제에서 자유로운 편 같다.

네 번의 결혼식, 한 번의 장례식

십 대 시절 영화 취향은 〈중경삼림〉 같은 홍콩 영화를 마니악하게 보았지만, 동시에 흔히 '로코물'이라고 불리는 로맨틱 코미디 영화도 즐겨 봤다. 영화를 보면서 진실한 사랑을 찾고, 가족을 꾸리고, 영원히 행복하게 사는 삶이 내게도 펼쳐질 거라 믿어 의심치 않았다. 특히 영국에서 만들어진 로코물이 좋았다. 스위트한 잉글리시맨은 제인 오스틴의 소설부터 휴 그랜트가 등장하는 영화까지 가득했는데, 그중에 제목만 기억하는 영화가 〈네 번의 결혼식과 한 번의 장례식〉이다. 나는 네 번 결혼한다는 것만 읽고 바람둥이 이야기인가 유추했는데, 이내 한 번의 장례식이라는 문구에서는 누구에게나 결국 장례식은 한 번뿐이구나 싶은, 다소 센티멘털한 기분을 느끼기도 했다.

삶이 꿈과 생으로만 가득한 꼬맹이 시절, 비디오테이프

대여점에서 케이스에 적힌 제목만 보고 처음으로 죽음이란 무엇인가 했던 순간이다. 실제 줄거리는 한 커플이 맺어질 때까지 겪은 다섯 번의 이벤트를 뜻하는 영화 제목이었다.

살면서 행사의 주인공인데도 절대 기억하지 못하는 경우가 있다면 바로 자신의 장례식이 아닐까. 상상해 보면 죽는 순간의 물리적 고통도 무섭지만, 더 나아가 세상에서 내가 잊힌다는 것이 더 큰 공포로 다가온다. 충분히 부유해서 더는 일하지 않아도 되는 사람들이 다시 일하는 이유도 이와 비슷할지도. 얼굴도 모르는 조상의 제사를 지내며 후손들이 그들을 기리게 한 것부터도 그렇다. 자서전이나 족보라든가 하는 모든 기록도 자신이 세상에 존재했음을 남기고자 하는 마음에서 비롯한다고 생각한다.

한때 나는 내가 즐겨 가는 박물관이나 도서관에 사후에 내 남은 재산을 기증하고, 명패에 이름을 올리면 어떨까 싶기도 했다. 기부자들의 이름이 붙은 벽을 바라보며 여기에 내 이름도 새기면 좋겠다고 막연히 바란 거다. 비석을 세운다면 좋아하는 장소의 벽면에,라는 으스

스한 발상. 죽어서는 화장을 할 테니까 무덤은 없을 거고, 납골당에 있고 싶지는 않다. 당분간 찾아 올 사람이 있다면 모를까 관리비를 내야 한다니 아깝게 느껴진다. 너무 냉정한 건가!

그런 내가 조금은 낭만적으로 박물관 등의 기부자 이름을 생각했던 거다. 물론 가벼운 아이디어여서 아직 기부금 기준을 알아보지는 않았다. 잘 따져 보면 벽에 새겨진 이름 중 내가 아는 사람은 극히 드물었고, 여기에 내 이름이 새겨진다고 해서 누가 나를 기억해 주겠는가 싶었다. 내가 기려질 만한 업적이 있는 사람인가 하면 인류에 공헌한 바 전혀 없는 너무 평범한 사람이라서, 이름을 남긴다는 계획 자체가 자기만족이다.

나는 후손이 없기에 죽으면 바로 깔끔하게 잊힐 거다. 멕시코 문화인 '죽은 자의 날'을 소재로 만든 디즈니픽사 애니메이션 〈코코〉를 보면, 살아 있는 사람들이 아무도 기억해 주지 않으면 영혼이 소멸된다는 사후 세계관이 나온다. 원가족이 살아있는 한은 잠시간 나를 기억해 줄 사람들이 있겠지만, 머지않아 나는 아무개가 될 게 뻔하다. 이쯤 되니 망각의 두려움이 밀려와 왜 자손

번창이 다복을 상징하는 덕담인지 알 것도 같다.

장례식은 남은 사람들이 고인과 함께한 추억을 떠올리며 슬퍼하고 떠나보내는 애도의 시간이다. 가족이나 친구가 많다면 장례식은 꼭 필요하지만, 만약 내가 원가족에서 가장 나중에 떠나는 경우라면 누가 나를 챙겨 주지? 일단 장례식 비용이 지금 기준으로 1,500만 원가량 필요하다고 한다. 물론 나는 젊은 시절에 별다른 계산 없이 들어 놓은 생명보험에서 장례식 비용을 커버할 만큼의 돈이 나오기 때문에 비용은 걱정되지 않는다.

그러나 의례적인 비용을 쓰기보다 남은 사람의 몫으로 남겨 두거나 기부하는 방향이 더 큰 도움이 되지 않을까. 게다가 내겐 일적으로 만난 사람이 대부분이며 평소 인간관계도 매우 협소하므로, 노년이 되어 죽는다면 많은 사람이 추모하러 오지는 않을 듯하다. 오히려 인터넷에서 글로 만난 사람들이 더 많다. 사실 얼굴도 모르지만, 친구들보다 나를 속속들이 잘 안다고도 볼 수 있고. 내 글을 읽어 주는 사람들, 그들이 참석할 수 있는 디지털 추모 공간을 만들면 좋겠다. 마우스로 향을 피우고, 헌화도 하고, 영정 사진도 하나뿐 아니라 여러 가

지 이미지로 바꾸고, 읽을 만한 여러 가지 글귀를 남겨
두고……. 그러고 보니 해피 엔딩은 준비할 게 너무 많
아서 숨이 찰 지경이다.

충분히 행복한 결말

노후와 곧잘 연결 짓는 말은 고독이다. 나는 본래 자유롭고 고독한 상태를 즐기는 편이라서, 지금처럼 늙을 때까지 혼자 지낸다고 해서 크게 문제되지는 않을 듯했다. 그러나 직장 생활을 하지 않고 1년 동안 집에서 홀로 일하며 사회적 교류가 매우 드물던 시절의 나는, 결국 벽을 보고 혼잣말을 하거나 노래하는 지경에 이르렀다. 어떤 정신과 의사가, 자신이 벽에 말을 거는 것은 정상인데 벽이 말을 걸기 시작하면 병원에 와야 한다고 했다던데 나는 다행히 벽에 말을 걸기만 했고, 독창을 했지 합창은 하지 않았다. 집에서 일하던 때에 요가원을 규칙적으로 다니긴 했지만, 사람 사귀는 재주가 없어서 오직 요가만 하고 집으로 돌아왔다. 그런 성격이 앞으로 조금 큰 문제가 되지 않을까 염려스럽다.

다니는 직장 없이 혼자가 된다면 나는 어떻게 소속감

을 가질 수 있을까. 실버아파트, 경로당에 가서 말동무를 찾는다는 가정은 무의미하다. 지금도 딱히 친구를 찾아 나서지 않는데, 앞으로 그런 친화적인 성격으로 바뀔 수 있을까. 지금 내가 할 수 있는 유일한 노력은 고립을 자처하는 내 성향에 잠식되지 않고, 언제든 사회에 발을 담그겠다는 태도를 유지하는 쪽이다. 아무리 봐도 사이비 같은 종교 활동을 열심히 하고, 정체 모를 시위에 참여하는 어르신들이 생기는 까닭도 외로움 때문이라는 글을 읽었다. 정녕 그들처럼 늙고 싶은가, 절대 아니다.

홀로 사는 내가 사회와 연결되는 유일한 연결고리는 늘 일이었다. 유효기간이 명확한 관계들. 그러나 언제까지 일로 만난 관계에 유대감을 바라지는 못한다. 정년이란 말이 괜히 있는 게 아니고. 그러니 사리분별 잘하는 호감형 인물이 되어야 주어진 일이 끝나더라도 계속 친목 도모를 하고 싶은 사이로 남는다.

이를 위해 나는 세월이 지나기만 하면 공짜로 먹는 나이에 잠식 당해서는 안 될 것이다. 나를 돌아보고 반성하고, 내가 옳다고 고집부리지 않고, 말 조심하고… 등. 호감 가는 노인이 되기 위해 점검해야 할 태도는 무지

많구나. 뜻을 세운 것까지는 좋은데, 그렇게 완벽한 인간이 어디에 있단 말인가. 실천하기 힘들어 보인다.

그럼에도 대체적으로 좋은 감정을 품게 만드는 사람을 떠올리면, 가장 먼저 다정하고 친절한 사람이 그려지곤 한다. 이 또한 나와는 조금 거리가 멀다. 다행인 점은 사람은 여러 가지 성격을 동시에 가지고 있으며, 모두가 그린 듯 아름다운 사람에게만 호감을 품지도 않는다는 것. 보통 상대에게 동질감을 느끼거나 더 크게는 내게 없는 무언가가 상대방에게 있을 때 이끌린다.

나에겐 무조건 정만 넘치는 사람보다는 심지가 단단하고 자신의 삶을 잘 꾸려 가는 사람들이 더 매력적이듯이. 사람과 사람 사이에 편안한 거리를 알고, 면면에 웃음을 띠지 않아도 분명한 그 사람의 영역이 있는 사람이 나는 좋다. 내가 호감형 인물이라고 묘사한 이도 역시 고립을 즐기는 사람 같다. 유유상종인 건가? 그래서 여기에 하나 더 추가한다. 상대에게 꾸준히 관심을 갖는 간헐적 고립형 사람이라고.

얼마 전에 부엌 동선과 수납을 재정비했다. 겉으로 아

무엇도 없이 깔끔한 부엌을 만들기 위해 온갖 키친툴과 그릇을 캐비닛 안에 넣어 두고 겉보기에 매우 정돈된 삶에 집착했는데, 요리할 때마다 동선이 많아져서 체력 소모와 시간 낭비가 크다고 느꼈다. 그래서 나는 보기에 좋은 것은 두 번째로 두고, 최우선순위로 실질적으로 편안한 동선을 만들기로 했다. 필요한 물건을 죄다 꺼내서 눈에 잘 보이고 손에 잘 잡히는 위치에 두어 겉은 다소 복잡하나 편안하게, 반대로 밖에서 보이지 않는 캐비닛 안은 거의 물건이 없는 곳이 되었다.

그러고 보면 요즘은 평소 먹던 것을 더 맛있게 먹는 방법을 연구하고, 멋진 체형의 몸을 꿈꾸는 것도 좋지만, 나이 듦에 따라 달라진 내 몸에 맞춰 옷을 입는 편이 자연스럽다. 한때 우아함에 과하게 집착하며 내가 아닌 다른 사람이 되려 노력했던 날도 있었는데, 점점 더 내가 되는 편안함이 지금의 나를 지탱한다.

자신에게 편해지니 내가 아닌 타인에게도 편안한 감정을 품는다. 그러다 보니 문득 호감이란 함께 있을 때 편안하다의 다른 말이 아닐까 하는 깨달음이 스친다. 나는 점점 더 경제적으로 자립해 나갈 테고, 흥미진진한

Chapter 6
호감 가는 사람으로 남길 바라

일로 자기 효능감에 취할 것이며, 속내를 털어 놓을 만한 이들과의 인연을 소중히 여기며 함께하는 미래를 그린다. 그 후로 오랫동안 행복하게 살았습니다,라고 할 법한, 충분히 행복한 결말을 향하여.

∧∧∧

'레트로'라는 이름의 냉장고

우리 집 레트로는 냉동실은 위칸으로 작게, 냉장실은 아래에 크게 있는 냉장고로, 양문형 도어가 표준인 요즘과는 동떨어진 옛날 냉장고다. 집에 놀러 온 K가 "이런 냉장고 정말 오랜만에 본다. 레트로다 레트로"라고 했던 말에서 영감을 받아 약 10년 만에 처음으로 이름이 생겼다.

우리 레트로는 나의 식비 책임자다. 월 30만 원도 많다. 레트로와 함께라면 그 절반도 가능하다. 레트로는 자기 뱃속 크기의 1/3 정도의 식자재만 담겨 있을 때 가장 신나 한다. 남은 음식을 뜨거운 채 보관하려면 나를 째려보기도 한다. 그보다 다시 먹지 않을 거면서 오래도록 보관만 하는 음식을 세상에서 가장, 극도로 싫어한다. 고급 기능이 전혀 없을지라도 기본에만 충실한 자신에게 의기소침해지거나 위축되지 않고, 본분인 식자재 보관과 위생만큼은 철저히 신경 쓴다. 머리 위에 앉은 먼지도 자주 닦고, 수시로 선반을 정리하는 등 약간의 깔끔 떨기로 자존감을 높이고 있다.

나를 잘 파악해 세운 뚜렷한 숫자적 목표가 있고 실천하고 있으니, 이변이 없는 한 나는 자유를 사겠다는 목표를 달성할 것이다. 단지 시간의 문제일 뿐. 그리고 나면 무엇을 할까 여러 번 공상해 봤는데 아직은 지금처럼 살고 싶다. 작고 편안한, 그러나 가끔 오래되어서 끙끙 앓는 소리를 내기도 하는 레트로와 함께 매일 부엌에 서서 아침, 저녁으로 간단하면서 영양가 높은 식사를 차려 낼 거고, 책을 읽고 글도 쓰겠지. 그런 고요함과 소박함은 이 작은 집에서 오랫동안 지속되어 왔고, 앞으로도 크게 달라질 리 없는 일상이다.

서울에서 산 지 몇 해 후면 20년이 된다. 이토록 작은 행복을 얻기까지 얼마나 많은 시련과 고난을 겪어 왔는지, 문득 씁쓸함이 밀려온다. 싫어하는 일도 꾹 참고 했고, 생존에 몸부림치다 성격마저 뾰족해져 나와 타인을 상처 입힐 때도 자주였다. 나는 여전히 사회생활을 하며 평정심을 갖지 못할 때가 많지만, 그때마다 고요한 집으로 돌아오면 마음이 편해지고 다시 살아갈 기운을 얻는다.

이번 글에는 불안이라는 단어가 거의 30회 가깝게 등장했을 만큼 내가 불안이란 감정을 나침반 삼아 어떻게 움직여 왔는지를 다뤘다. 내가 왜 자유를 사고 싶었는지(곧잘 생겨나는 건강 문제 때문에, 내 시간을 돈으로 인한 불안에 떨지 않고 편안히 쓰고 싶어서), 직업을 여러 개 가지고 사는 이유(하나가 무너지면 다른 하나가 보험이 되어 나를 지탱해 주는 시스템), 큰돈을 벌고자 애쓰기보다 적게라도 좋으니 다달이 현금이 꾸준히 입금되는 생활을 꿈꾸는 이유 역시도. 고액의 병원비를 더는 감당하고 싶지 않아 운동을 체화시키려 노력하고, 아직은 준비가 많이 부족하지만 조금씩 정리해 두는 죽음에 대한 생각과 실질적인 행동도 그렇다.

이 모두가 내겐 자립력을 키우는 방향이다. 상실의 고통에서 벗어나고자 떠난 94일 간 PCT Pacific Crest Trail 하이킹의 여정을 담은 영화 〈와일드〉를 보다, 엔딩 무렵에 "예상한 일에도 완벽한 대비가 불가능하다"라는 제임스

미치녀의 문장을 만났다. 그동안 나는 '완벽한 대비'를 꿈꾸며 모든 변수에 대응할 마음의 준비와 실질적인 채비를 갖추려고 안간힘을 썼다. 그러나 삶은 그렇게 계산대로 흘러가지 않는다. 운명이 나를 또 어디로 데려갈지 알지 못한다. 나는 단지 지금의 삶을 조금 더 나아지게 만들기 위해 애쓸 뿐이다.

5년 후의 나를 그려 보며

신미경